夢百十夜

桑原●徹

鳥影社

夢百十夜　目次

記憶の闇に沈んだ九十の傷からの九十の夢……11

白夜北欧列車 13
糸杉渓谷上界 17
墓外夏海 20
自分遊戯 23
地平線卵聖堂 27
人形空中絞首 29
廃線花屋敷 32
水微笑 36
愛像消尽点 37
翡翠接吻図 39
迷宮鉄道路線 42
今昔楔形歩行 45
蘭鋳季一過 49
甲虫甲虫甲虫 53

偏壺蝶葡萄図 54
崑崙金緑譜 60
女体S字高速 62
黒武装蚊 65
煉獄観光団 68
貝人終日夢 71

水母海月文字 74
南圃金色爪女 77
乙姫玻璃胞 80
人間蛇体宇宙 84
田舎放火展示 86
銀色一人魔女 91
鼠回車旅行 94
空中蹴球 97
妖精狩猟区 101
美男列車 103

天使落下実験 106
自己心臓自分愛撫 109
午前一時午後一時 112
帰還不能駅 113
漂泊衝動 116
空中歩行者天国 118
案山子記念写真 121
鉄玻璃蜜月体 124
水母的交差点 127
玻璃鳥射精 129
廃墟人物触診 134
銀魔女魔法 137
泥酔小便小僧 140
愛連座制判決 143
隠遁女王様 145
棺中華燭一灯 148
宇宙胎児 151

殺神者一人　154
汎神論的青海波　156
伊太利式午睡法　158

石工女神　161
受胎告知直前　163
石化桃園赤虎　170
木乃伊時間　176
受胎告知朝　178
彼・女微笑図　181
甕井戸金貨　183
彼・女的色情　186
醤油時限爆弾　188
電視台買春　190

蛇管男性器　193
血水遊園地　195
毛物海　199

螺旋職場 202
煮茄子宿命 205
染色排水工場 207
瑠璃男神銅女神 210
黒羊羹集中問答 214
瀬戸内秘泌瓶 218
靄靄食堂 222
独軍甲虫銃 224
熱帯黒乳房 226
黒水蛭子 229
新婚競技列車 233
新婚浮遊人体 236
乳首施錠女神 239
黒豹緋性器 241
両性具有的化粧室 243
玻璃髑髏 247
高位金色罪 251

黒豹系統樹 253
抱擁過熱未来 257
最終家族旅行 260
無限循環葬儀 263
山民水愛 265
心霊飛行機 267
快楽浴室少年 269
旅空身空 271
母型谷 273
白亀父型 275

八つ目が今見る八つの今 …… 279

闇飛行音 281
桜金髪密月期 284
時間捻子式装置 287

愛恋不具宣言 291
壺中蛇姿煮 294
氷河期告白 298
正常狂気 301
八つ目や 303

来たるべき十二夜の夢のための十二の詩…… 307

水写真 309
揺れ藻 310
八つ目＋一つ目 311
尻尾の楽しみ 313
瓶と水蛇 314
水の塔 315
ウォーター・フェリー 317
ウォーター・マザー 318
アンダーグラウンド・ウォーター 319

ウォーター・ショップ　320
ウォーター・ヒヤシンス　321
祝福された空間　322

「夢百十夜」後記　325

カバー写真・レリーフ「毛物海」渡邊萌乃

記憶の闇に沈んだ九十の傷からの九十の夢

白夜北欧列車

妹が一番遠い部屋にいた。僕は一番手前の部屋で誰かと一緒に寝ていた。一体誰と一緒だったのかは分からない。そんなことよりも、僕は妹が心配だった。その場所は空気がひんやりとして、爽やかに乾いていて、夏の北欧の朝に違いなかった。僕たちのいる一番手前の部屋と、いくつかの間の部屋と、一番奥の妹のいる部屋とには壁が全くなく、一続きになっていたから、妹のいる部屋は僕たちのいる場所から遠くにそのまま見ることができた。ちょうど双眼鏡を逆さまにして見たときのように妹の部屋が遠くに小さくしかしはっきりと見えた。間に壁が全くないのだから、僕たちが寝ている場所と遠い妹のいる場所は、異常に細長い一つの部屋の中にあると言うべきだったのかも知れないが、しかし僕たちの寝ている場所と妹のいる一番奥の場所、それにその間にあるいくつかの異なる区画はやはりそれぞれ別の部屋だという認識は僕にはなぜか強くあった。その認識は僕には不思議なことではなかったし、それを不思議だというのなら、もっと不思議なことがあった。一番遠い妹の部屋は、列車の中にあったのだ。妹の部屋は右から左に列車の移動する速度で動いていた。そして小刻みに揺れてさえいた。それに対して僕たちの寝ている部屋は、北欧の夏の朝のひやっとした空気の中で普通の住居の中にあったのだ。僕たちの部屋はもちろん動いてはいなかった。しかし妹のいる遠い部屋と僕たちの寝ている部屋とがどうして、いくつかの部屋が間にあるとはいえ、くっついていられるのか、僕は説明する必要が無いほどにそのことを自然に受け止めていた。

僕は誰かと一緒に一番手前の部屋で眠りについた。北欧の夏の朝はいつの間にか白夜の時刻になっていたのだ。僕たちは眠った。妹も列車の中で眠っているはずだった。そう思えたから僕は安心して隣にいる誰かと並んで一番手前の部屋でぐっすりと眠った。

どのくらい経ったのか、僕は眠りが浅くなって、白夜の記憶がぼんやりと光りながら眠りの中に侵入してくると、それに伴って妹に対する不安がしだいに頭をもたげてきた。僕の眠りはすっかり覚めてしまった。

僕は相変わらずの白夜の中で布団から身を起こした。ベッドではなく、床に直に敷いた布団から身を起こした。僕の横にいる誰かの布団は、人の形に盛り上がっていたが、僕はその誰かのことは気にならなかった。妹が心配だった。一番奥の部屋で、人が動いているようだった。白夜とはいえ薄青く、真夜中だった。僕は布団から抜け出すと、間のいくつかの部屋を通り抜けて、妹のいる客車に近づいていった。その方法ははっきりとはしなかったが、歩いて行くというのではなく、フラフラと空中を漂いながら近づいていく感じだった。身体を持っていてそこに歩く動作のために意識を注いでいる感覚は全くなかった。僕はまるで魂だけになって浮遊しているような感じだったが、そんな自分を当たり前のこととして受け入れることができた。僕はおそらく死んではいなかったし、だからといって普通に生きてはいないことも確かだったが、そんな状態がとても自然だった。

こうして浮遊するようにして妹のいる客車の方に近づくにつれ、ゴトンゴトンという音が聞こえ、客車の揺れもこちらの意識の水に響くように大きくはっきりしてきた。そしてそれと同時に、白夜は光の色が少しずつ強くなっていった。しかしそれは夜が明けていくのではないことは、空気がより冷たくなっていくことで分かった。白夜は僕の始めにいた部屋よりも、ここの方がもっと濃く白くなっていた。

妹のいる部屋は客車の中だったが、僕がその部屋の中に入ったとき、妹はちょうど金属製の腰高の椅子から離れたところだった。髪がボブに美しく仕上げられていたから、そこは美容院のようだったが、銀色の金属製の椅子の背もたれの垂直に立った感じは、手術室かなにかの椅子のようでもあった。妹は僕の前を僕には気づかないままに通り過ぎると、そのすぐ横の扉の開いた、屈まないと入れない低い部屋に入ろうとした。美容院なのか、手術室なのか分からない部屋にある腰高の椅子のそばには、一人の男が立っていた。そして扉の開いた低い部屋の中には一人の女がいた。部屋が小さいのに、中にいる女は普通の大きさだった。女はその部屋の中に座っていて、妹が入って来るのを待っているようだった。僕はその背もたれが垂直に長い金属の椅子と、部屋の中にさらにある低い部屋に嫌なものを感じた。そしてそれらの場所にいる男も女も、妹が

接触するべき者ではないと思った。突然無い胃から吐き気のようにせり上がってくる激しい感情があった。そしてその男と女に、

「消えろ！」

と大声で叫ぼうとした。しかし言葉は途中で止まって無い喉に届かず、それでもつきあがって来る怒りだけが力あまって無い僕の体の中でさらに膨れあがった。そしてとうとう無いはずの僕の体を痙攣させ、さらにその力で振り絞った無いはずの僕の喉からは、咳のような掠れた声で
「消えろ！」

と叫んでいた。叫びは僕に体を取り戻させていた。僕のフラフラと彷徨いだした魂のようなものは、僕の体の中に戻ってきた。全ての部屋は消え、もちろん妹も僕の隣に寝ていた誰かもいなかった。


あの時、もし僕が叫ばなかったら一体何が続いて起こったのだろう？　きっと妹は低い部屋にそのまま入って、白夜はその低い部屋の中で妹の形のまま白化し究極に向かったのだろうと、僕は今抽象的な言葉で、無かったあの続きの時を思い出そうとしている。白夜に血が広がっていくようにはっきりと。

糸杉渓谷上界

強い初夏の光の下に真っ黒い糸杉の並木があった。そこはイタリアの麓の村と村を結ぶ見晴らしのいい峠道だったから、あたりには家はなく、まるで異界の屋敷に通じるエントランスの糸杉の並木のように、峠道の頂上には光の中で糸杉だけが、鋭く尖った山型の闇を天に向けて並んでいた。あたりには天からの光が滴ってきたように、緑の草や黄土色の道の上に光の粒が踊り、それらを白化させていたが、糸杉だけは地下からの闇を、糸杉の形のまま引きずり出し、その黒は光には全く無関心だった。心など持たない闇には不適切なこの言葉を使わざるを得ないほどに無関心だったのだ。つまり、糸杉は光は反射せず、まるで物理で定義される光を吸収するだけの架空の物体、黒体のように光には無関心だったのだ。

この峠道はイタリアでも特に有名なある渓谷に入る知る人ぞ知る近道だったから、ごくまれにこの峠の普段の静寂とはあまりにもかけ離れた大型の観光バスが、土埃を上げて糸杉の並木の間を走っていくこともあったが、それでもこの道を使う車は少なかった。たいていは麓の村の間を行き来する村人たちがたまに利用する程度だった。夜も夜明けも朝も昼も黄昏時も、糸杉の並木は、晴れたり曇ったり雨が降ったり雪が降ったり風が吹いたりする中で、人のいない風景だけの時間を過ごしていた。こんな糸杉たちにとって、最も騒々しいときが大型観光バスが通過するときだった。大型観光バスが通過するときに立てる土埃で、光が靄のようになって舞い上がり、その時だけは糸杉の黒は淡い光のベールで包まれ、その靄の中に天使でも下りてくるのかと思わせたが、バスが通過して五分もすれば、淡い光のベールは消えて、どこか異次元の深い闇への入口としての糸杉の黒が、その尖った形で再びいつものように規則正しく並んで立つのだった。

その糸杉の根元から一匹の蟻が姿を現したことがあった。糸杉の出てきた地中の闇の黒をそのまま受け継いだ色をして、その根本から這い出してきた一匹の蟻だった。一匹の蟻は蟻の速度と蟻の前進する効率で、草むらの草の茎にぶつかっては方向を変え、それでもゆっくりと着実に草むらから白化した黄土色の道に入っていった。その蟻は道を横切って向こう側の糸杉の根元まで行こうとしていた。それはこの時から十五分後に蟻が達した場所がそこだったから、そのはずだった。しかしその十五分の間に蟻には大きな変化があった。大型の観光バスが峠の手前の上りのカーブからいきなり現れ、蟻はその前輪とすぐに続いて後輪に踏まれたのだ。蟻は動かなくなった。

蟻は白い土埃を付着させた巨大な大型観光バスのタイヤに二度押しつけられた。しかし蟻は、轟音を立てていきなり現れたバスが、峠の頂上からすぐの下りのカーブに消え、そして巻き上げられた土埃の光の靄が蟻の上でゆっくりと消えると、ショックから冷めたように動き出した。蟻は潰されもせず生きていたのだ。巨大なタイヤに踏まれた前後で変わったのは、蟻はタイヤの土埃を押しつけられて白化していたことだった。その時の蟻は道や草と同じように光っていた。そして蟻は道と同じ光の色に紛れ込んだまま、向こう側の草むらの方に、そして向こう側の糸杉の根元に向かった。白化する前と同じ速度と、小石にぶつかり、草の茎にぶつかったりの同じ歩行の効率で進んだ。こうして鋭い尖った山型の闇の糸杉たちが見下ろしている間を、その一匹の蟻は光りながら向こうの糸杉の根元まで達すると、現れたとき突然だったように、消えるときも突然その根元から消えた。

墓外夏海

盛りは今まさに目の前にあるのに、盛りは同時に失われつつあることを背後に痛みのようなものを与えながら示している、それが夏だ。夏の中でじっとしていられないのは、夏は盛りつつそのそばから衰退していくからだ。夏は今この時しかない、そんな焦りを美しさのさなかに引き出してしまう。

海沿いを走る高速道路の高架下の砂浜で、海に抜けるトンネルの向こうに見える、コンクリートで枠取られた夏の海と空。向こうでは光が獣っぽく粒だってざわついている。聞こえてくる波の音はその光の獣のゼーゼーいう息の音だ。僕は高架下のコンクリートに開けられた短いトンネルの途中に立ち止まって、トンネルの向こうに海と空を見ている。今まさに目の前にありながら、それは過ぎ去った夏の記憶の悲しみの色合いを帯びている。青が強ければ強いほど、背後のセピア色が見えはしないのにその気配をますます濃くする。僕はトンネルの影の中で、言葉にすればこうなることを言葉にしないままに感じて立ち尽くしている。その見えないセピア色の感じが途切れると、僕の耳にゼーゼーいう波の音が再び入ってくる。そしてもう一度見えないセピア色の気配に浸る。それが何度か繰り返された後で、僕はふと気づく。トンネルの影の中にいる僕は、死んでいる僕の視線を持っているのではないかと。今目の前にある夏の風景が、僕の記憶の中の夏の風景と重なって見えるのではなく、僕の方が死者として今ここから未来にある向こうに入ったのだと。生物としての命のあやふやさが、僕を一気に死者としての未来に引きずり込んでいく。激しい夏の今ここが、死者となった僕の視線で僕によって見られているのだ。

夏の光に溢れた風景はトンネルをほんの数メートル抜ければ僕もその風景の一部になるはずなのに、そこへは踏み出せないように見える。これはコンクリートの枠で作った今まさに生きている固い不壊の夏の写真だ。失われつつ盛っている今ここに生きている夏の写真だ。そうであれば、この高架下のトンネルは死者の国に属していることになる。僕はそこに立って、目の前の今ここを見ている。光溢れる獣っぽい夏の海を見ている。僕はコンクリートの枠で囲まれつつ今ここに通じる薄暗い未来の墓の中にいるのだ。墓の外には僕のいない今ここの夏の海と空がある。

*

海の家に大小合わせて五体の死体が並べられていた。ちょうど一時間前、海水浴客で賑わうこの浜に一台の真新しいクルーザーがエンジンを止めたまま、吸い寄せられるように近づいてきた。砂浜の海水浴場にクルーザーを泊める場所はどこにもなかったし、幽霊船のように沈黙して人の姿もなく近づいてくるクルーザーは不気味だった。浜にいた海水浴場の二人の監視員は、異様を感じて海に飛び込むと、五百メートル沖のクルーザーに這い上がった。船内には海水が溜まり、褐色の海藻を体中に付着させた五人の死体が発見された。

五人はその海の家の主の家族だった。主はクルーザーの中の死体を見て、五人を自分の海の家に運ばせた。五人の死体は海の家に並べられた。主自身の死体の場所もそこにあった。

監視員が要請した救急車はなかなか来なかった。しばらくして、救急センターから監視員のケイタイに、救急車がそちらに向かっている途中で事故を起こした、そのために現在国道も海岸道路もマヒ状態にあるから、急遽（きゅうきょ）ヘリコプターを手配中だが、そのヘリコプターも今出払っている、少し待って欲しいと連絡が入った。

海の家からは客が次々に引き上げていった。海の家の主はがらんとした中で、五人の死体のそばに呆然と立ち尽くしている。アルバイトの従業員たちは、海の家の外で一塊になって何か小声でひそひそ話している。誰も聞いていない海の家のハワイアン音楽は鳴りっぱなしだ。

自分遊戯

　空間からぬっと突き出された巨大な両手が、僕の見ている前で赤ん坊を作ろうとしていた。よく粘る真っ白い粘土のようなものをこねているのだが、こねて伸ばすだけで、中国の常に塗り直して鮮やかな色を維持している仏像のように、着色した目鼻立ちのくっきりとした赤ん坊の顔がすっとできあがってしまう。僕はそのこと自体はなぜかおかしなことだとは思わなかった。こんなことをする手もあり得ると思った。

　しかしその巨大な両手は、できあがった顔では満足できないらしく、手を止めずにどんどんこねたり伸ばしたりを続けるから、赤ん坊に目鼻立ちができてもすぐに真っ白い粘土の中に消滅してしまう。僕の注意はその消滅するほんのわずかな時間に、巨大な手の行為の秘密の鍵があるに違いないと歯を食いしばってその一瞬に集中する。すると消滅する一瞬、赤ん坊の顔は大きく歪んで、空間の一点から飛び出してくる化け猫の映像を逆再生するように白い粘土のようなものの一点に吸い込まれていく。それで僕は、赤ん坊の正体は化け猫かと思う。でも僕はその結論には満足できなかった。化け猫が正体なら、化け猫だけで赤ん坊に変われればいいので、わざわざ巨大な手の助けなどはいらないだろう。僕はそう思った。それで崩れ去る一瞬の方ではなく、顔の最も完成された一瞬の方に鍵はあるのかも知れないと今度はそちらの一瞬に集中する。するとそれは赤ん坊といっても生まれたての顔ではなく、顔はすでに整っていることに気づく。ただその赤ん坊の髪は額の真上だけ残してきれいに剃り上げられた時代ものめいたヘアースタイルだった。それに気づくと僕は相変わらず誰かに騙されていると思う。僕は少し腹が立つ。

僕がこの手の存在に出会ったとき以来、手はずっとそうやって赤ん坊を作っては壊ししているのだが、両手以外の体は全く見えない。僕は滝壺を足下にするような気分で、その手の作業現場にもっと近づいて行った。水のドードーと落ちるような音がしたり、霧状の水しぶきがかかるようなことはなかったが、その赤ん坊を作っては壊ししている手の元に行くことは、なぜか僕には滝壺に近づくことと同じに感じられた。僕はこうして滝壺のようなものを足下にすると、赤ん坊自体には興味はなくなっていたが、代わってその巨大な両手の持ち主に興味が移っていた。なぜ赤ん坊をあんなに速い速度で作っては壊しているのか、その全身の姿を見たいと思った。僕はそこにある女の予感を見ていた。今となっては僕の思い出の中にだけいる、多くはないが少なくもない人たちの中で、あの女だったらきっとこんなことをやりそうに、そしてこんなことができそうに思えた。

僕は最初はその巨大な手は大きさがあまりにも大きいけれど、何かの具合で僕の方が小さくなっているだけで、やはりそれは人間の手だと思っていた。しかしこねたり伸ばしたりを繰り返すその両手を、できかかっては消える赤ん坊から注意を逸らしてよく見ると、指は丸々と太っていて、指の関節はその太った肉の間に埋もれてしまっていた。こうしてその巨大な手の持ち主自身が巨大な赤ん坊のようにも見えてくるのだった。だったら僕の予想は大きく外れて、この両手の持ち主はあの記憶の中の女ではないことになる。しかし一方で、そんなはずはないと僕は思った。そのしっかりとした力あるこねたり伸ばしたりの手の動きには、ちゃんとした土をこねる技術を習得した大人の技があって、赤ん坊の無意識の無秩序な動きは全くなかった。再び僕の脳裏に目鼻立ちのくっきりとしたあの女の顔が浮かんだ。

赤ん坊の手とあの女とを両立させる考えはすぐに浮かんだ。手は赤ん坊でも、精神は大人にできる方法だ。あれは人間の手ではないかも知れない、あれも作り物の手かも知れない、と。そして僕は気がついた。最初に空間から突き出された両手を見た時からすでに四年が過ぎている、と。今は何かの具合で見えないけれど、見えない向こうで真剣な顔で赤ん坊を作っては崩している者は、人形かも知れない。それはこの場を作っている状況の妖しさからして、あり得ることだと僕は思った。

僕は滝壺のようなもののそばに立って上を見上げ、モクモクと雲が増殖しているさらにその上に向かって、巨大な両手を操っているさらに巨大な誰かに声をかけることを心に決めた。

『おい、お前』と言ったらいいのか、『どうか私の声をお聞き下さい』と言おうかと迷っていると、あたりが突然薄暗くなった。そして足下から滝壺の気配は消えて、夕焼けに染まった空が頭上に現れた。どうも僕は地面から浮き上がっているらしかった。僕は空に昇っているのだ。僕が昇るさらに上には、赤とグレーが美しく入り交じって、さらにその上で巨大な人形を操っている巨大な誰かが感じている、不安とつまらなさが、僕にこの三重の遊びの終わりを告げていた。

空の上で僕は、もう帰る時刻になったのだと思った。そして言葉にできない寂しさが僕を満たした。僕は、もう遊びは止めて帰ろう、と決心したとき、僕はやっとこの時になって、帰るところなどどこにもないことに気がついた。僕は遊びを止めることはできない、たとえ寂しさの底に沈みきってしまっても、僕は遊びを止めることはできないのだということをこの時初めて知った。女はもうその場所にはいず、僕が女に代わって夕焼け雲の上から下を見て、そこに四年前からの人形の動作を続ける巨大な人形を見、その人形の手先に粘土のような赤ん坊の生成と消滅を見ていた。そして納得できるかも知れないと思った。これが自分そのものだと。

地平線卵聖堂

鳩が一羽飛んでいくその真後ろから、僕の視線はぴったりと張り付いて後を追った。鳩が飛びながら上下左右に動いても、正確に僕の方も上下左右に動いて、常に直後をついていった。そんなふうであっても僕は鳩ではなかった。僕は人間だった。人間でありながら飛翔する鳩の直後を正確についていくことができた。やがて鳩はある聖堂の屋根に留まった。すると僕の視点は、その聖堂のドームの中心にある穴を通して、真上からドームの中を覗く位置に変わった。

僕たちは観光バスに乗って、イタリア北部の小都市を見て廻る東洋からのツアーの一団だった。僕たちはとある巨大で薄暗い荘厳な聖堂の中に案内された。そしてぞろぞろと一列になって、翼廊の一番奥の祭壇の真横にある、これもきちんと一列にならんだいくつかの卵の中にある聖堂を一つずつ上から覗こうとしていた。それぞれの卵の頂点には、小さな穴が開けられ、そこから卵の中の聖堂を次々に見ていくのだ。やがて僕の順番が回ってきた。僕は最初の卵の頂点に開けられた小さな穴に、左目をつぶって右目を近づけた。

すぐに僕の視点は卵の中で拡大された。そして卵の中の小さなものを見ていた。それは一目では文字であるとは分からないアルファベットの小文字、赤っぽいピンク色のb、肉でできた装飾文字、それは中世の賛美歌の楽譜の出だしの巨大な頭文字だったのだが、そこに描かれた肉の色でできたbの文字の中に描かれた風景を見ていた。bの構造、すなわち1にくっついた○の中には、その上方に群青色が塗られ、その群青色の青空の下、田舎道を二頭の牛を連れた、杖をついた二人の老占星術師たちが村の入口にある最初の家のおかみさんから大きな身振りで呼び止められている、そんな風景のジオラマが入っていた。

いきなり聖堂の屋根の上から鳩が飛び立った。僕は再び鳩の後を追った。そしてすぐに追いつき、前と同じように鳩の直後を鳩と共に飛んだ。鳩が上下左右に動いても、正確に直後を飛んだ。僕は人間だった。人間でありながら飛翔する鳩の真後ろを正確についていくことができた。どこまでもどこまでも正確についていくことができた。やがて鳩が見ている風景が、僕が見ている風景に重なった。僕たちは上下左右に揺れる前方に、次の卵聖堂の白い円屋根が刻々と迫ってくるのを見た。

人形空中絞首

僕はおそらく人形に近いものだった。工場のラインのベルトコンベアーの上には椅子が隙間なく敷き詰められていて、僕はそのうちの一つに座ってその場面に突然流れ込んできたのだった。いくつも連なった椅子に座っているのは僕一人だけだった。僕以外には誰もいなかったのは、その場面は僕の血と深く関係していたからだと今になって思う。僕はそのラインのたった一人の作業者である僕の息子の前に流れてきていたからだ。

僕はこうして椅子の上の人形になってその場面の中にいたが、それを映画でも見るように少し離れたところで見ているもう一人の別の僕がいた。そのもう一人の別の僕は、ラインの椅子に座った僕を背後から見ていた。

『ああ、僕が流れてきたな』

そのもう一人の別の僕が思ったときには、椅子に座って背中を向けた人形の僕とその椅子は、その奥を見るための邪魔者となって消され、そこにいた片膝をついてこちらを向いている僕の若い息子を全画面に映し出した。彼は十四、五くらいに見えた。右手に石割に使う俵(たわら)型のずっしりと重そうなハンマーを持ち、左手に新品の五寸釘を持って身構えていた。息子は僕の足の甲に五寸釘を打ち付けようとしていた。

こんな異常な状況になる理由は僕には全く分からなかったが、足の甲に五寸釘を打ち付けられることに対して僕はなぜか納得していた。もちろん激しい痛みのことは予測できていた。だからこそこの場面が僕の目の前に現れたとき、あきらめの感情が起こったのだ。痛いけれども避けて通れない運命があることを僕はなぜか完璧に知っていた。

一方でこの状況の方は、それほどはっきりとしてはいなかった。目の前にハンマーと五寸釘を持っているのは僕の息子に違いなかったが、息子を見てその顔形から息子と判断したというよりは、もっと生々しい僕との内部の癒着の実感があって、僕にくっついてくるそのねばねばしたものを感じ続けていると、息子の姿は、僕自身の子供時代の姿と重なってきた。だからそれは息子ではなく、本当は昔の僕だったのかも知れない。椅子の背後にいる僕は、釘を打とうとしているのは若いころの自分かも知れないと思った一瞬、すでに足の甲にこれから受ける痛みを感じていた。そしてその痛みの系列のずっと先には、イエス・キリストがいた。イエス・キリストが磔にあったとき、左右の足の甲を合わせて、そこを貫いて釘を打たれている、いつかどこかで見た絵か彫刻の記憶があったからだ。しかしその時椅子に座ってそこに現れたのは、そんなあまりにも遠い人物ではなく、間違いなく僕だった。そして全てのそうした系列的な曖昧さを排除するように、五寸釘の先端は僕の足の甲の一点にしっかりと当てられた。そして僕の若い息子は、いや昔の若い僕は、上半身を後ろに反らすと大きく右手を振りかぶって、ハンマーを五寸釘の頭めがけて振り降ろした。

その場面はそこで終わって、先ほどまで椅子の背後にいた僕の視点は、次の場面ではその建屋の外にあった。いつか写真で見たアウシュビッツのバラックの建屋のような屋根の上に僕は浮遊していて、僕の視点はそこからさらに上空に向けられた。上空では、低く垂れ込めた黒い斜線の雨雲の塊の中で、吸血の黒い鳥の群が飛びながら何かに群がっていた。今はあそこに、ついさっきまで椅子に座っていた人形の僕が絞首されているのだと、もう一人の僕は上空を見上げながらそばにいる昔の僕にぽつりと呟いた。僕たちは一緒に飛んでいた。

廃線花屋敷

　バスの中は沸き返っていた。僕たちは遠足で目的の場所に着いた。そこを起点にして、僕たちは自由に周辺に行って良かった。その周辺は、しかし、曖昧だった。周辺は一つの巨大な遊園地のようでもあり、いくつかの町で構成されているようにも見えた。バスの停まった場所に、決められた時刻までに戻ってくること、そのことだけははっきりしていたが、具体的な時刻、あるいは何日後、といったようなものははっきりとせず、この起点に戻らなければいけない、でなければここに置き去りにされてしまうという、焦りだけが僕の心の中にはあった。そのことは他の仲間も同じはずだった。そんな焦りがあると同時に、これはやはり遠足だったから、バスの停まった場所から蜘蛛の子が散っていくように、僕たちはワーワーキャーキャー言いながら思い思いの方向に出発していった。ただそのワーワーキャーキャーいう声は、なぜか思い出のように遠くから聞こえた。ワーワーキャーキャーが思い出だったからか、その時僕はすでに周辺の町にいた。

　僕は一人で行動していた。僕がたどり着いた周辺の町はバスからかなり遠く、そこまで遠く来たのは僕だけのようだった。僕は町を見て回った。いや、見て回ったはずだった。何を見たのかははっきりせず、見て回ったという満足感だけが僕の心にあった。時間はかなり経ったように思えた。そしてバスに戻らなければいけないという不安が、その満足感を土壌にして育った茎の太い植物のように、いつの間にか大きく成長していた。それは揺るぎない成長の仕方だった。それから何か無茶苦茶なことが入れ替わり立ち替わり起こって、バスに戻ろうとする僕の邪魔をした。一体何が起こったのか、それらの出来事を克服することよりも、バスに遅れるという不安の植物がどんどん大きくなって行くのがハプニングの中心にいつも見ることができた。もちろん僕は邪魔をする出来事を克服したが、そのために不安の植物はどんどん生長していき、まるでその植物を生長させるためにハプニングが次々に起きているように僕には見えた。こうして無茶苦茶なハプニングがたくさんあったが、そして不安の植物の茎は大きく大きく成長を続けたが、僕はどうにかバスに戻ることができた。僕はほっとため息をついて、自分の座席に疲れた体を預けた。

座ってやれやれ何とか戻れたと思ったとき、驚いたことに周辺への出発はもう一度繰り返されようとしていた。文字通り始めに戻ったのだった。先生は、予定時刻までに必ず戻ってくるようにと忠告し、周りの連中は自由に出かけられることで興奮して、ワーワーキャーキャーとうるさかった。二度目だという認識は僕だけのようだった。先生も他の連中も、これから始まるこのイベントに興奮していた。じゃ、僕は今まで一体どこへ行ってきたというのか？　この疑問を消すことはもちろんできなかったが、かといってすでに周辺の町に行ってきて、戻ってきたばかりだと言うには、周りはイベントの開始の興奮に溢れていて、そんな興奮の渦の中でとてもそんなことを大声で言うことはできなかった。仕方なく、僕はもう一度出かけた。不安の植物はバス全体を覆うほどに大きくなっていた。

僕が行った周辺の町はつい最前の同じあの町だった。そしてそこでは僕一人しかいないこともやはり以前と同じだった。ここは周辺の町の中でも遠い町なのだ。僕は改めてそう思った。今度は僕は町を見て回ることはしなかった。初めからバスに戻ることだけを考えていた。僕の中に成長した不安の植物は、もうこのときにはこの遠くの町全体をすっぽりとその影の下に包んでいた。だから僕はその町に着くとすぐに帰りの電車に乗った。この町に来るのにどれくらいの時間をかけ、どんな手段でやってきたのか、一切が曖昧だったのに、一刻も早く戻るために僕は電車に乗らなければならないことは決まり切ったこととして受け止めていた。すると、今まで曖昧だった町がよく見え始めた。そこは、町というよりも何か巨大な遊園地といった方がいいものだった。僕が乗った電車は、ジェットコースターのように急斜面を落ちていくものだった。駅はケーブルカーの頂上の駅のように、その急斜面の角度で落ちていくそのままの空間を前方に見せていた。ケーブルカーと違うのは、線路が空中に浮いているところで、それはジェットコースターそのものだった。そしてさらに僕の心を落ち着かせようとする誰かの配慮があるのか、車両はちゃんと天井があり、左右が向き合う配置の座席である普通の市内電車の作りだった。電車に乗り込んでくる客にも、地方都市の市内電車の中のぬるくてゆったりと落ち着いた雰囲気があった。今のはずなのになぜか昔の思い出の中を覗いているように遠くに見えたが、乗客にはお婆さんや、小さな子供もいた。僕の中の茎の太い不安の植物は、今、この町全体をその影の中に包んで巨大な花を咲かせようとしていた。僕は電車の中の窓から、これから電車が下っていく線路をもう一度よく見た。線路は駅のすぐ先でなくなっていた。

水微笑

水源にあったものが、川となって下り、今ここでコップ一杯の水になってある。頭の中で描くことができるダムと、谷川の急流、そして大河から浄水場へ、それから都市の地下に張り巡らされた網の目のような水道配管。蛇口をひねってコップに水を注ぐ。その最後のものが今目の前にある。

ダムから、水を入れたコップになるまでの水の来歴を、遠近法で一枚の図に描いてみる。それはあり得ない風景画だ。そのあり得ない風景画の一番手前の水の入ったコップを取り去って、その代わりに一人の男を置く。ほとんど水の入ったコップと同じ存在感の一人の静かな男を、記憶の中からの細心の選択とそれに加える細心の想像力を使って。

そしてダムから、長い経路を経て、今ここにやってきた水の来歴と同じ来歴をその静かな男の耳元でそっと囁いてみる。水をコップに注ぎ終わる最後の完成のときのようにそっと。するとその男の口元に静かに微笑が生まれる。

愛像消尽点

「かわいーい？」

と最初の「い」に強いアクセントのあるそれ自身かわいい声が突然誰かに聞いた。声の主がかわいいことが分かる黄色の細い声だった。

その質問に対する答えの声はなかった。きっとかわいい声で「かわいーい？」と聞かれた誰かは頷いただけだったのだろう。

「かわいーい？」

と言ったもう一度聞きたいその質問の声の主のその後の声もない。

かすかにハスキーな幼い声は
「かわいーい？」

その質問だけできっぱりと終わった。

グリーン車の通路を隔てたこちら側の席でテーブルに身をかがめ白紙に一字も書けないでいた僕は、言葉探しから身を起こし、かわいい声が作った沈黙の方にいつしか思いを移していた。

そして今し方の「かわいーい?･」をもう一度最後に僕の中でそのままに響かせることができ

た。今失われつつあるのはこのハスキーさの粒と粒の距離だと思いつつ、もう二度と聞けない「かわいーい？」が僕の中から遠ざかっていくのを僕はじっと見ていた。

翡翠(カワセミ)接吻図

中学校のクラス会のようなものが行われた。しかしそれは中学校のクラス会とはどこか違っていた。僕が会いたいと思っていた女はクラス会にやってきていたが、その女は僕が大人になってから知った女だった。だがなぜかその女はそこに来ていたし、僕の方もそこで会えるはずだし会いたいと思っていたのだから、クラス会とはやはりどこかが違っていた。しかしそれでもその女以外は、全員が僕の中学時代のクラスメートだった。何かが変だという印象は、最初から僕の心の一番底にずっと沈んでいた。

僕たちは室内にいた。その場所は全員にとって見知らぬ土地で、山小屋のようなところに泊まって、皆で一緒に時間を過ごした。内容のよく分からない時間が経ち、それでもクラス会の楽しさは蓄積され、僕たちの時間は過ぎていった。そして、旅行先であるその土地を見学することになって、僕は運良く、そしてそう努力もしたらしく、目的のその女と二人だけで外に出ることができた。

二人で村の中を歩いていると、突然その女が、戸口を開いた暗い家の中に入ってしまった。僕もすぐに追いかけた。家の中は階段があって、それを登ると突然明るくなって周囲には何もなく、ただ鉄の螺旋階段だけが踊り場を所々に持ちつつ上へ上へと登っていた。二階以上は何か火の見櫓のようなものになっていた。その時になって、僕は空中を移動できることを思い出した。そして、その女の心を手に入れることと僕が飛べることは、密接に関係していることも漠然とだが僕は分かっていた。

僕よりも女の方が一階分高いところを登っていた。しばらくすると女は登るのを止めて、そこから見渡せる景色を眺めはじめた。僕は格子状に隙間のある鉄の踊り場にいる女を下から見ることができた。女は手すりに摑まって遠くを見ていたが、そこで手袋を脱ぐと、僕に「さあ、拾ってちょうだい」、といった具合に下に落とした。落とした瞬間、その火の見櫓のようなものが、逆上がりでもしたように上下が逆になった。そして手袋が落下物受けの中に落ちたときには、上下逆転はまた元に戻っていた。その瞬間に、僕の飛翔は不安定なものであるらしいことが分かった。特にこの女のそばで飛ぶことは失敗もあり得ると、僕は飛ぶことに初めて恐怖を感じていた。

僕は落下物受けに落ちた女の手袋を空中から拾うために、ひとまず下に降りて、家の外に出、そこからゆっくりと空中に浮遊した。そして空中からその女に面と向かう高さまで上った。浮遊の制御ができなくなるかも知れないという不安が、そのまま高さへの恐怖に繋がっていた。

手すりに摑まっているその女に空中に浮いて対面し、言葉を掛けようか、言葉は掛けないでこのまままっすぐに手袋を取りに行こうか迷っていると、僕はその女にキスをしたくなった。その女もキスを待っているように僕を見つめ返してきた。僕は高所に浮遊しながら女にキスをした。その女の唇は皮が裂けたアケビの実のように柔らかく、僕の唇で崩れるように押し広げられた。僕は彼女が実に簡単にキスを許してくれたことに感動していた。そして落下の恐怖を忘れた。強烈な青(ブルー)が僕の頭を襲ったのはその後だった。

迷宮鉄道路線

そこは何度か来たことがあった。何度来ても必ず帰り道がなくなる場所だった。未舗装の峠道を上り切ると、峠の頂点と接する水平の車道が走っていて、その車道を歩いてしばらく行くと再び未舗装の峠道を下に降りていくのはいつも同じだった。降りたところは死んだ伯母さんの家のある土地で、そこは普段僕がいる土地から数百キロ離れているはずだった。毎回そこから僕は帰ろうとするのだが、伯母さんのかつていた土地に来たことの安堵感もつかの間、帰り道は必ず分からなくなった。その場所に僕はまた来ていた。

僕は今回は必ず帰り道を探してやろうと思った。数百キロあるはずだから、帰りの手段はやはり鉄道だと思った。今までも何度か鉄道は使ったがやはり帰り道は分からなかった。その土地を走っている鉄道は、帰るべき方向とは逆方向に離れ、それまで行ったことのない全く見知らぬ場所に向かっていたが、とにかくその鉄道で確かな駅まで行き、そこで僕の帰るべき方向の別の路線に乗り換えるしかないと僕は考えた。

僕は崩れた田舎のプラットホームに、歩いていた田舎道から直接上がった。線路の側が大きく崩れた砂利のプラットホームには草が生えていたが、そんな場所なのに人が一メートル間隔ぐらいで立って電車が来るのを待っていた。僕はこんな田舎の、しかも崩れたり草が生えたりしているプラットホームなのに、待っている人が多いのに驚きながら、その人達の間を縫ってプラットホームの向こう側にある改札口に向かった。以前来たときには改札を抜けたところに、また別の路線が走っていたのを今になって思い出したからだった。その路線のことをもっと詳しく窓口で聞こうと思った。すると電車を待っている人に交じって若い駅員が立っていた。僕はその駅員に帰るべき町の名を言って、もっと簡単にそこに向かう路線の電車があるかどうかを聞いた。すると駅員は、横目で敵意のある視線を僕に向けて何かを言ったが、駅員の言葉は僕には全く分からなかった。それは敵意があまりに強くて、言葉になっていなかった。僕はその駅員のあまりの敵意に、もう改札窓口に行って聞く気はなくなっていた。

やがて電車が来て、僕はその電車に乗り、予定通りどこかの駅で別の路線に乗り換え……、これ以上は何をしたのか分からないままに、しかし何かが事を運んでいて、僕はある駅で電車を降りていた。僕はいつしか、自分の住んでいる団地の隣の団地の人々がハイキングをしているその一団の中に紛れ込んで、彼らと一緒にどこかに向かって歩いていた。その記憶はなかったが僕たちは駅を一団で降りてから、というのは僕は来た方向を振り返ってみると坂の上の方に無人らしい小さな駅と、線路が走っている水平な尾根が見えたからだが、その時はすでに僕たちは一団で草深い峠道を下っていた。僕たちはこれからハイキングを始めようとしているのか、それともハイキングはすでに終わって団地に戻ろうとしているのか、僕には分からなかった。

僕は確かに彼らと一緒に歩いてはいたが、彼らと言葉を交わせる次元にはいなかった。つまり、彼らの楽しげな話し声は聞こえていたが、そしてその声も大きかったが、意味だけが非常に遠い場所にあって、彼らが何を話しているのか分からなかった。僕はとにかく隣の団地の人たちの中にいるのだから、このまま彼らに交じって着いていくしかないと思った。しかしそのうちに、峠の山道もハイキング姿の隣の団地の人々もフワフワし始め、とうとう靄になると、僕だけを残して消えてしまった。僕は再び自分がどこにいるのか全く分からなくなった。死んだ伯母さんがかつて住んでいた土地以上に、僕は自分の居場所が分からなかった。後は、隣の団地の人々のように、そして良く思い出してみれば今までも最後には必ずそういう目に遭ってきたように、僕もフワフワと靄になって消えるのを待つしかなかった。

今昔楔形歩行

　僕たちは同じ家の中にいた。僕たちというのは、僕と、妊娠している僕の今の彼女と、昔僕を捨てた彼女の三人だ。昔僕を捨てた彼女はいきなり僕を訪ねてきたから、それで家の中は三人になったのだった。僕たち三人の関係に全く曖昧さはなかったが、この家は実に曖昧だった。この家はつい最前まで僕と妊娠している今の彼女、二人だけが部屋から部屋へと自由に使える家だったが、僕の所有する家ではないようだった。家の作りは規格化された建材で作る今の家ではなく、板壁の安普請ではあったが戦前の、どこかに温かみとやさしさを漂わせた家だった。そこに僕と妊娠している今の彼女がいた。家のどの部屋でも自由に使えるという点ではその家は旅館ではなかったが、部屋だけがあって生活のにおいがしないという点では、古い小さな旅館のようだった。

　昔僕を捨てた彼女が僕を訪ねてきたとき、妊娠している今の彼女は別の部屋にいた。昔僕を捨てた彼女はいきなり僕のいる部屋に現れた。僕たちがそこで話していても、妊娠している今の彼女はその間は別の部屋にいて、絶対にこの部屋には現れないという安心感がなぜか強く僕にはあった。昔僕を捨てた彼女は、僕と暮らすために現れたことは僕には分かっていた。この部屋に来たことがそのことを暗黙にしかし明確に意味していた。で、僕は妊娠している今の彼女を捨てる決心をした。

昔僕を捨てた彼女は名前も、顔も、古代の金のコインに鋳込まれた皇帝のようにはっきりしていた。言おうと思えば小学校から出身大学の名前までも言えたが、妊娠している今の彼女は捨てる決心をしたときになって初めて、顔さえはっきりしていないことに僕は気づいた。今の彼女についてよく思い出してみると確かなことは、今の彼女は僕の子供を妊娠している、そのことだけだった。そして捨てる決心をしたとき、顔さえ浮かばない今の彼女の妊娠は、僕たちの唯一の愛の証であることもはっきりした。妊娠とは僕たちにとって獣っぽい次元のむき出しの愛の証そのものだった。その彼女を、突然僕を訪ねてきた昔の彼女のために僕は捨てる決心をした。妊娠している今の彼女がこの部屋に戻ってくる前に、僕は昔僕を捨てた彼女と一緒にこの家を出なければならないと思った。

昔僕を捨てた彼女は僕がまだ一人でいると思っていた。そう思って僕を訪ねてきた。だから僕たちがその家を出るときは何の不都合もなかった。そして僕が思っていたように、他の部屋に行っていた妊娠している今の彼女は、僕たちが並んでこの家を出るまでやはり戻っては来なかった。

家を出ると僕たちはいきなり群衆に紛れ込んだ。その群衆はみな同じ方向に歩いていた。しかしその群衆は、繁華街で同じ方向に歩く群衆とはその規模も雰囲気も全く違っていた。一人一人は二メートルくらい離れていて、全く同じ方向に手ぶらで無言で歩いていた。僕たちはその群衆にいきなり紛れ込んでしまったが、僕は幸福だった。

「あなたの今の彼女はどこに居るのかしら?」

突然彼女がそう聞いてきた。僕はびっくりした。昔僕を捨てた彼女は、僕にすでに相手がいることを知っていたのだ。いや、そう思っているだけなのかも知れない。僕は何も答えなかった。妊娠の事実が僕に重くのしかかってきた。それは妊娠している今の彼女を裏切ったという気持ちだった。

群衆は相変わらず何も話さず、二メートルくらいの間隔を開けて、国家的規模で同じ方向に歩いていた。僕はあの家に置いてきた妊娠している今の彼女もこの群衆の中を一人で歩いているのかも知れないとふと思って、後方を振り返ってみた。すると……、いた。僕の斜め後方を、寂しそうに、両手で張り出したお腹を支えるようにして一人で歩いていた。僕の幸福に楔が入ってきた。痛い楔だった。

妊娠している彼女は、僕が昔僕を捨てた彼女と並んで歩いていることを知っているようだった。しかし僕がすぐそばに歩いていて、振り返って見ていることは分からないようだった。妊娠は、つまり、獣っぽい次元のむき出しの愛の結晶は、そのまま痛い楔となって僕のすぐそばを歩いていた。昔僕を捨てた彼女は、僕のすぐそばにいたが、僕の痛みは知らなかった。やがて、妊娠している彼女が歩く速度を速め、僕たちの横を並んで歩き始めた。

「あなたの今の彼女、どこに居るのかしら？」

再び、昔僕を捨てた彼女が僕に聞いた。無言で歩く静かな群衆の中で、話しているのは昔僕を捨てた彼女だけだった。

「悪いわ。その人に」

僕の横を歩いている昔僕を捨てた彼女は、まだそう言わなかったが、そんなふうに言う準備がすでにできていた。そしてその後押しをするように、妊娠している彼女は小走りに僕と昔僕を捨てた彼女のすぐ前に出た。それから昔僕を捨てた彼女が後方に下がってから言った。

「悪いわ、その人に」

蘭鋳季一過

幼い息子が家族で遊びに行った遊園地の窪地で遊んでいて、左顎を打って顎から頬に掛けて青く腫れ上がった。やがてその腫れはもっと大きくなった。かわいい顔に白と赤と青の斑の果物が中から現れたようで痛々しかった。息子はそれでもニコニコしていた。僕と妻は心配した。

「痛いか？」

と聞いてもニコニコしているだけで何も答えない。普段よく話す息子が何も言わないでただニコニコしているだけなのが余計に心配だった。遊園地どころではもうなくなっていた。

僕たち家族はいつの間にか家に帰っていた。家はコの字型の足場のようなものの一番奥にバラックがのっていて、大部分の露天のコの字の中は、工事用の色々なものが雑然と仮置きしてある広場になっていた。その日は日曜日だったから、日曜診療所に連れて行こうと妻と話した。何も話さない息子のことを思うと、僕は打撲が顔の腫れだけではなく、脳の方にダメージを与えていないかを心配していたが、妻にはそれは言えなかった。しかし日曜診療所に連れて行くことを言い出したのは妻の方だった。脳のダメージのことを妻も心配しているらしかった。おそらくそのことを口に出せば妻は

「まさか？」

と否定するに違いなかったが、その否定が肯定以上に怖くて僕は口に出せなかった。もし本当にそんなことになっていれば、日曜診療所などでは対応できないことはあきらかだった。とにかく息子はあれ以来一言も口を聞かなくなっていた。


息子は下の広場で一人で遊んでいた。左の頬から顎にかけて青と赤と白の斑の果実のような腫れ方をして、一言も話さなくなったこと以外は、いつものようにニコニコして遊んでいた。だから余計に、脳へのダメージが僕たちには気にかかっていた。


僕たちは相談などしなかったのに、同じ気持ちで六歳の娘を呼んだ。そしてこう説得した。

「ね、下に行ってみっちゃんに話しかけてみて。お姉ちゃんにだったら、何か答えるかも知れないから」

娘はこっくりとうなずくと僕たちから離れていった。僕と妻は下の広場が見下ろせる窓の方に移動した。そこからは遠かったが、コの字型の足場に囲まれた広場の入口で遊んでいる息子が小さく見えた。広場の入口には犬小屋があって、息子はその前で一人で遊んでいた。僕たちはそこに娘が現れ、そして先ほど頼んだように娘が弟に話しかけるのを待った。

しかし娘はなかなか現れなかった。それどころか、娘などは初めからいなかったほどの強さで気配が消えてしまっていた。そう思ったのは僕だけなのか、妻はまだ娘が現れるのを待っているようだった。僕はそんな妻に、「娘は初めからここにいたのだろうか？」とは聞けなかった。だから僕は不安なまま、娘が現れるのを待つしかなかった。そのうち、妻が僕から遠ざかっていくのが分かった。目の前の妻が写真の中の妻のように、声を掛けても無駄な距離感が強くなっていった。そして娘はそれ以上の遠さにいた。

そう思ったとき、この飯場に似たどこか荒れたコの字型の足場と小さなバラックの家は本当に僕たちの家だろうか？　いや、そもそもこの風景は……と何かが分かりかけたとき、息子が歌うように話しながら犬小屋の周りをぐるぐると回り始めた。この距離だと息子の声など聞こえるはずが無いのに、息子の声はまるですぐそばにいるように僕にはよく聞こえた。一回転するたびに青と赤と白の斑の果実のように腫れた頬から顎にかけてを僕の方に見せながら、息子は犬小屋の中の犬にこう話しかけていた。

「出ておいで、出ておいで。お前に話してやるから出ておいで。何があったかお前に話してやるから出ておいで。僕はもう死ななきゃならないから、その前に話してあげるから早く出ておいで」

僕は息子が死ぬのかと思った。しかし、気配の消えた妻や娘のことを思うと、死ぬのは僕なのかも知れないとも思ったが、僕にはそんなことはどちらでも良かった。どちらにしろ、僕は悲しみでその場を一歩も動けなかった。その場はもはやコの字型に広場を囲んで、広場で犬小屋の周りを息子がぐるぐる回っているその場所ではなく、急速にその場所が遠ざかっていく別の場所に僕は行こうとしていた。まるでまだ一度も経験したことのない多量の雨を孕んだ亜細亜のモンスーンの通過のその真っ直中にいるように。

甲虫甲虫甲虫

庭に甲虫が自然に集まるように細工をした背丈くらいの二本の木に、予想通り甲虫が集まっていた。しかも普通の集まりかたではなかった。葉という葉に甲虫がとまっていたのだ。僕は自慢だった。

隣の家の兄弟らしい中学生くらいの男の子が二人、隣の家の裏口から僕の家の庭に入ってくると、甲虫を欲しそうに見ている。二人で二つの木を見て廻って、葉を裏返したりしている。

僕はあんなに欲しそうにしているから、やってもいいかなと思いつつ二人を見ている。僕は十分な大人だった。十分な大人なのに甲虫が二本の木に溢れていることがうれしかった。だから隣の家の二人の少年に甲虫をやることがいやだった。

それでもやってもいいかなと思って、二人の様子を見ている。

偏壺蝶葡萄図

私は当時二十七歳であった一七一五年に、イタリアのミラノから清朝の中国へイエズス会の宣教師としてやって来た。以来五十一年間宣教師としてではなく、清朝の宮廷画家として三代の皇帝に仕えた。だから私の記憶ははっきりと二分している。記憶の底から三分の一はミラノの僧院で神に仕えながらイコンの技法を学び、残りの三分の二は中国の皇帝に仕えながら花や犬や皇帝の妃を描いた。私の記憶は色でいえば下三分の一が濃紺で、上三分の二が赤だ。その間七十八歳で死ぬまで私は中国を一度も離れなかった。私は中国では中国語を話し、中国服を身にまとい、髪を弁髪にし、絵の技法も水彩で絹の上に影をつけないで描く中国式だった。服装や絵の技法は、それしか許されなかったからだが、しだいに私は順応していった。従って人生の後半はもはや私はイタリア人ではなかった。

私が中国で死ぬことを覚悟したのは四十七歳の時だった。イエズス会は布教以前に、まず中国に同化することを私に指示し、私はその指示に従ったが、中国に来て二十年が過ぎたときには、もはや私は中国からは心も体も抜け出せなくなっている自分を発見した。そしてその時、私は中国で死ぬことを覚悟したが、同時に私の記憶の下三分の一の濃紺の記憶がイタリアへの郷愁を強く目覚めさせた。私は両方に存在したかったのだ。濃紺と赤の両方に。で、私はイタリアに戻る自分の分身を作ることができないかと考えはじめた。その方法は確かにあったのだ。中国が西洋よりも遙かに進んでいるもの、私は陶磁器に思い至った。それで私は皇帝に磁器のための絵を描きたいと進言する決心をした。

官窯（かんよう）で作られる陶磁器は宮廷で使用されたが、それと平行してヨーロッパへも輸出していた。だから私が絵を描いた磁器のいくつかがイタリアへも行くことは当然あるだろうし、そうであればミラノにだって行くことはあるに違いないと思った。私は私が描いた絵の磁器があの美しい水都、ヴェニスの港に着いたときのことを思うと胸が躍った。そこから私の故郷ミラノまでは一直線の街道で繋がっていて、中国からの長い航海のことを思えばもう目と鼻の先だった。そんなふうにして私の描いた絵の磁器が、ミラノに向かう街道を荷馬車で運ばれていくところを私は自分の帰郷のように興奮して想像した。

そのためには、私は磁器の表面に、花や犬や馬の群や皇帝の妃ではなく、私の分身を描かねばならなかった。もちろん皇帝がそんなことを許されるはずがなかった。私は皇帝のお抱え画家で、絵の題材は宮中で任務に倦まれた皇帝の目を慰めて差し上げるものだった。しかし私が中国で死ぬことを覚悟したとき、まるで天啓のようにヨーロッパへ行く磁器が目に見えてきたのだ。その磁器に私のための絵を描くことができれば、私はきっと磁器の絵の姿でミラノに行き着けるはずだ。そしてミラノの誰かが、いや、ひょっとしたら私と血の繋がる誰かがその磁器に手を触れるかも知れない。その時、磁器に触れた誰かに絵が私のことを語りかけてくれる。そんな絵を白くつややかな磁器の表面に固定したかった。磁器の絵付け師は、私が絹に描いた絵を正確に壺の上に写し取ってくれるだろう。何個も何個も全く同じふうに。そしてそのうちの何個かがミラノにまでたどり着くのだ。そしてさらにそのうちの一個がやがて私と血の繋がる者の手に触れる。

私は皇帝に前後に扁平な壺、扁壺に絵を描いてみたいと進言した。この形は皇帝が好まれる形だったし、私が好きな壺の形でもあった。扁壺は細部を見ようと両手で抱き上げ、顔に近づけるには、その扁平な縁が、摑む手のひらの凹みに心地よくなじんだし、全体の量や重さも両手を伸ばして抱き上げるには最適だった。思わず触れてみたいと思わせたり、抱き上げたくさせるその独特の存在感は、赤ん坊にどこか似ていた。

皇帝は私にお尋ねになった。

「壺の絵の題材はなににする」

私は額を床につけたまま答えた。時は初夏で中は薄暗かったが外はよく晴れた真昼の蒸し暑い日だった。

「荘子の故事を取り上げ、胡蝶の夢はいかがかと思っております」

「夢に見ている胡蝶が夢を抜け出して荘子の頭上を飛んでいる図は美しい。しかし荘子を漢人のままで描いてはいけない。我が清族の人間を荘子にしなければいけない。そうしなければ死罪にするぞ」

私は両肩を床に沈めながら答えた。

「荘子は漢人ではございますが、眠っている人間が胡蝶を夢の中で見、その胡蝶が飛びながら人間を夢見ている図は、漢人であることを超え、画題としてすばらしいと常々思っておりました。私は胡蝶はそのまま描きますが、荘子にあたる眠っている人間は魂魄で表そうと思っております。魂魄であれば人の姿を描く必要はございません」

「魂魄は誰も見たことがない。なぜお前が魂魄を描けるのか？」

「恐れながら陛下に申し上げます。龍は陛下のもう一つのお姿です。陛下のお姿はこのように拝謁できましても、もう一つのお姿である龍は、私どもには拝謁することができません。しかし、それにもかかわらず、画家はその龍を実際に描いております。私が魂魄を描けますのも、それと同じ理由ではなかろうかと考えております」

「よかろう。描いてみよ」

中国人の魂はキリスト教の魂とは違う。キリスト教の魂は、死ぬと天国に昇るが、中国人の魂は、死ぬと天へ昇る魂と地に下る魄に分かれる。生きている人間は魂と魄が合わさっている。私はその魂魄を眠っている荘子として絵に描こうと考えていた。蝶とその魂魄が空中で戯れる図だ。そんなふうに荘子の胡蝶の図を描いた画家は私は見たことがなかった。これこそ私の図だと思った。

皇帝のお許しが出て早速私は蝶と魂魄が群れ飛び戯れる図を何枚も描いた。九つの群青の珠を集めて一塊とし、それに尾をつけたとき魂魄ができたと思ったが、同時にそれは強い郷愁となって私にイタリアを思い出させた。私はなぜだろうと思いながらさらに描いていくうちに、その魂魄の姿は葡萄の房であることに気がついた。その葡萄の房こそ、記憶の下三分の一に沈んでいた濃紺の私だった。なだらかな丘陵一面の葡萄畑。その葡萄の私、イタリア人の私が、花の蜜を吸う蝶である中国人の私と戯れているのだ。私の磁器の図はこうしてできあがった。

しかし私の磁器は皇帝のお気に召さなかった。私は私の絵を一個の扁壺に描かせて、試作品として皇帝にお見せしたが、皇帝は何もおっしゃらなかった。私は試作品を私自身の赤ん坊のように抱きかかえ皇帝の前を引き下がらざるを得なかった。

私が死んで二百五十年が経った今、長い間その扁壺の上で夢見てきた故郷への帰還は、二十一世紀の東洋のある男の書斎の中で、ひっそりと目立たない仕方で実現している。それは何本もの偶然の糸が、必然の結び目を作ってくれたおかげだった。

中国人好みでない絵柄のその扁壺は、私が三代の皇帝にお仕えした時代の陶磁器の模造品で溢れかえった二百五十年後、模造品の価格でその男の所有になった。男は扁壺が本物かどうか考える以前にその絵柄が気に入ってしまった。私の今の幸福は、私のたった一個の扁壺がその絵柄ゆえに中国で冷遇され続けてきたことのおかげだった。だからこそ私の扁壺は、偽物としてその男の所有になることができたのだから。そして私はこの男の書斎で密やかに念願の故郷に帰還していた。

私の立っているすぐ後ろには、いや前後のない扁壺である今の私には、私の前でもあるのだが、男が私を手に入れる数年前、ミラノに旅行したとき、私がイコン制作の修行をしたあのミラノの僧院をたまたま訪れ、そこで買ってきた、多色刷りの木版画で作った賛美歌の楽譜のコピーが額に入れて立てかけてあるのだ。私は恭しくそのそばに立っている。そして厳粛なときが訪れる。薄暗い僧院の中で賛美歌を先導する院長の声が響き渡る。すると私の中で、イタリアの全ての記憶が甦る。私は男の書斎で、細い口の中で小さく小さく院長の後に続いて賛美歌を歌う。私はあの時あの場所に再び帰ってきたのだ。私はこの上なく幸福だ。

崑崙金緑譜

金と緑が重なって水中を泳ぐもの
金と緑が重なって空を飛ぶもの
金と緑が重なって地上を這うもの
それらに名前はない

あるのは金と緑が重なって水中にあること
金と緑が重なって空中にあること
金と緑が重なって草むらの陰にあること
それらに名前はない

驚きは金と緑が重なった魚族（うおぞく）であること
金と緑が重なった虫族（むしぞく）であること
金と緑が重なった蛇族（へびぞく）であること
彼らに名前はない

光っているのは金と緑が重なっているところ
心に染みるのは金と緑が重なっているところ
嘘のようであるのは金と緑が重なっているところ
それらに名前はない

金と緑が重なった遠い海
金と緑が重なった遠い山
金と緑が重なった遠い土地
そんな場所はないがそれらには名前がある

そして今、金と緑が重なって泳ぐもの
金と緑が重なって飛ぶもの
金と緑が重なって這うもの
たとえたった一匹でも、金と緑を背負って動くものを
名前なしで思え

女体S字高速

僕は女から一台のバイクをもらった。

セックスの後の別れ際に女にこう言われた。

「あんたにあげたバイクは、付いている鍵では動かないわ。もう一つ別に桃色の鍵がいるの。あんたに逃げる気がなくなったらそれをあげる」

と。

僕はこの女に誘われるままに女のアパートでセックスに耽っている間に、外部では勝手に準備が進み、女が属する暗殺集団の仲間に引き入れられてしまっていた。この暗殺集団のボスは、僕の友人であり、人生の先生でもあった男だった。年齢は僕より一つ上だったが、その男は僕と同じ人生の境遇にあっても、それを僕よりも常に深く体験した。僕は友人としてつきあっていたが、そんな引け目のような尊敬のようなものがあったから、その男は内心は僕にとって先生だった。この暗殺集団のボスがその男であることが分かったとき、僕はすでに女に誘われるままに女のアパートに入って、信じられない快楽を味わっていた。それが数時間前のことなのか、数年前のことなのかよく分からない。とにかく事が済んでアパートから出てきたときに、僕は突然暗殺集団にすでに組み込まれてしまっていることに気がついた。

女が僕に言ったように、僕がこの暗殺集団から逃げる方法は、原付自転車のような頼りない乗り物しかなかった。とにかくその黒い斜線で引いた雲のようなものに覆われたその土地を離れなければと、僕が思ったその矢先に、まるで僕の心を知り尽くしているかのように女にそんなふうに言われたのだ。僕の前に姿は見せず、思い出の中にしかいない友人で先生であるその男も、完全に大人のものであるのに乳首の周辺だけ少女のままの乳房を見せて、強くセックスに誘うその女も、初めからその黒い斜線で引いた雲に覆われた土地にいて、僕を知らないうちに暗殺集団に引きずり込んだのだった。この土地から早く逃げなければ、やがて僕は男か女の言うままに殺人を犯すことになるはずだった。僕はどうしてもこの土地から逃げなければならなかった。

僕は女がアパートからいなくなったとき、藁にもすがる気持ちで、女がその鍵では動かないと言った頼りないバイクにまたがった。そして試しにキーを入れて回してみた。すると驚いたことにバイクは動いた。女が動かないと言ったのになぜ動くのか僕は分からなかったが、とにかくバイクは動いたのだ。僕はそのまま女のアパートを離れ、高速道路に入った。できるだけ遠くに逃げなければならなかった。

バイクは好調だった。どんどん進んだ。ずいぶん高い位置の高架の高速道路は、そのうちに空に上るような勢いで上昇しはじめた。傾斜はきつかったがバイクは何の問題もなく先へ先へと進んだ。やがて高架の高速道路は大きく左にカーブをはじめた。それはまるで、元の場所に戻るようなS字カーブだった。僕はそこを、エンジン全開で突っ走った。そのうち好調の喜びの中に、かすかな腐点に似た不安が広がりはじめた。それはあの黒い斜線で引いた雲のようなもので覆われた土地から自分が遠ざかっているのか、逆にもっと中心に近づいているのか分からなくなっていく不安が、好調なエンジン音と共にずんずん広がりはじめていた。

黒武装蚊

蚊がうるさかった。一匹飛んでいるところを手のひらで摑んでそのまま握り潰したが、その時手のひらに痛みがあった。蚊は思っていたよりも固かったのだ。今度は空中にもつれていた四、五匹を指先に摑んだが、痛みのことがあってそのまま指先で潰すことがためらわれた。これまで何度か蚊は潰してきたが、あんな痛みがあったことは一度もなかった。

親指と人差し指との間にあるものが拡大され、よく見ると細い脚を絡ませ合っている四、五匹が、全身に黒い鉄の鎧を着ていた。明らかに普通の蚊ではなかった。四、五匹もいては、潰すときの痛みはもっと大きくなるだろうと僕は思った。それが怖くて親指と人差し指の間で四、五匹固まっている蚊は潰せなかった。長くて細いどれがどの蚊のものなのか分からなくなった黒い脚や黒い針が絡まった四、五匹の蚊は、指の間に拡大されたままだった。

場面が一変した。

家電研究所の職場。僕は柔和で育ちの良さが分かる涼しげな顔の彼が会社を辞めたことを、数人の仲間と机のそばの立ち話の時に聞いた。彼は同じ部屋の別の課だったから、育ちの良さと性格の良さを反映した美しい顔はもちろん、静かな声や理知を隠した話し方や絶え間ない落ち着いた笑顔はよく知っていた。彼はその課の新しい技術の中心人物だった。彼が会社を辞めたというのは、僕だけではなく、皆の驚きだった。

少し場面が変わった。

僕は彼の新しい仕事場に彼を訪ねていた。彼は気にはなっていたが、僕と特別な関係はなかったし、僕が個人的に彼の新しい仕事場に彼を訪ねることはどこか変だった。しかし、事態は変なままに先に進んでいた。

そこは牛カツ屋のあることで僕も知っている、私鉄の駅裏の雑然としたところだった。僕には彼の新しい仕事がなんであるのか、分からなくさせられていたから、彼の仕事の中身は黒い靄に包まれていた。ただ僕に分かっていたのは、その仕事は彼にはあまりにも相応しくないものだということだった。僕は彼が惨めだと思った。僕は残念だというようなことを彼に繰り返し言ったように思う。しかし、その間も、彼は柔和で静かな女のような笑顔を保ち続けていた。

また場面が変わった。

黒武装蚊

黒がずっと続いた。ずっと、ずーっと黒だけが。

煉獄観光団

夏の光に最も映える地上の色は黄土色だ。緑よりも断然黄土色だ。刈り取られた牧草の地面も、巻き取られて巨大な枕のようになった牧草も、共に白化した黄土色になっている、その色だ。刈り取られ地面に残った方にも巨大な枕に巻き取られた方にも、太陽が真上にあるこの時刻、影はほとんどない。どちらも中天の夏の光の下で存在するための最少の影を持っているだけだ。自分の下に、自分を上空に昇らせてしまわないような、地上にとどまらせるための最少の影を持っているだけだ。

この渓谷一面の牧草地を夏の代表者にしているのは、この黄土色の原理を三六〇度ぐるっと見渡す限りの緩やかな丘のカーブの地平線まで、ゆるめることなく徹底させた結果だ。おそらく地平線の向こうまでそのはずだ。そしてさらにその地平線の上には、石青色と書いて「ぐんじょういろ」と読ませるにふさわしい、中天に至っては視覚から触覚に訴えるほどに濃くなる雲一つない青空が地上にしっかりと蓋をしている。

イタリアの渓谷の中を走っている大型観光バスの中のエアコンは快適だったし、少し早いワイン付きの昼食後で、眠気が頭の芯から瞼のすぐ外あたりにまで染みだして来ていて、気がつけば心地よく瞼を閉じてしまって、はっとしてこの今の美しい風景を見逃してはいけないと目を思いっきり瞠(みは)ることを、先ほどからこのバスの乗客の一人は何度か繰り返していた。見える範囲の乗客は全員がぐっすりと眠っていた。窓の外の景色は映画を見ているような、夢を見ているような非現実的な美しさだ。あの白化した黄土色の原理一色の景色だ。人一人いない、自分たちが乗っている大型観光バス以外、車一台見当たらない。バスがカーブして車窓に現れた遠くの丘の上に、煉瓦色の家がただ一軒だけ建っているのは、この風景の夏度を最高度にまで高めるために、緩やかな丘の頂上に一軒だけ家を建てさせた、そんな絵のような風景。絵のようなというありふれたこの一言でさえ、バスの窓の外の景色の美しさを何とか表現しようと言葉を追い込んだ、最後の脆い砦のような非現実的な美しさだった。

そしてやがて大型観光バスは停まった。バスの中の二十人ほどの東洋から来た一団はザワザワと目覚め、非現実的な美しさの中へ、いや、煉獄の暑さのただ中に、自国のバスではあり得ない急なステップを一段ずつ踏んでぞろぞろと降りてきた。そしてその一人一人がバスから離れた一瞬、皮膚は煮え、ある陳腐な日常性の中に立っていることに気がつかないままに全員が教えられていた。

道路は焼け、白化した地面からも、石青色の空からも、煉獄の暑さが、美のありふれた日常性を一人一人の皮膚に光の鞭で教えた。

窓から見た時の非日常的な美しさの感動からすれば、一団の中に一人ぐらい居ても良さそうなのに、記念にと言って、この絵の中にしかない道ばたの見慣れない雑草一つ、白化した未舗装の道路の小石一つ拾う者はいなかった。そこは紛れもなくイタリアだったが、自分たちが何十年と過ごしてきた東洋の夏と、光の鞭で教えられた皮膚の記憶で繋がっていた。

『ああ、ここもだ。こんな美しいところにも死者たちの国がすぐそばにあるのだ』

全員が気づかない内に鋭い光の鞭に教えられ、そう納得していた。

全員が外に出ている間、バスの運転手はエアコンの効いた運転席脇の小さな仮眠台で、巨大な体を犬のように丸めて眠っていた。

貝人終日夢

秋の透き通った青空の下で、町中の小学校のグラウンドくらいの大きさの平底船に乗った巨大クレーンが、自身が積んだテトラポッドを一つずつ丁寧に波打ち際に置いていく。開いた鉄の爪がテトラポッドを掴むたびに、エンジン音にぐっと力が入り、運転室の後方から白い煙が上がる。そしてテトラポッドは波打ち際に沈められ、開いた鉄の爪は次のテトラポッドを船上の自分の足下に摑みにいく。ただ失敗も時にはあって、まだ摑んだまま少し海中に沈めた後で位置を調節するため、もう一度引き上げて置き直すこともある。しかしたいていは摑んで置く、その繰り返しで、テトラポッドは波打ち際にきちんと丁寧に沈められていく。そして波の上にテトラポッドが一つ分現れるまで積み上げると、鉄の爪はすぐ横の次に沈める海底を掘り始める。

開いた鉄の爪で波打ち際を掻いて、中に砂と砂利と海水が一緒に掬われて持ち上げられると、その大半が海水と共に流れ出てしまう。テトラポッドを置く作業に比べて、波打ち際を掘る作業は鉄の爪の構造の雑さが際立ってしまう。それでも大半を海水と共に流しつつ繰り返しその場所を掘っていく。掘り終わるとまたテトラポッドを沈める作業が続く。再び力んだエンジン音と白い煙が上がる。鉄の爪を開閉する、人間で言えば手のひらの腱にあたるロープの巻き取り。クレーンの大きさを天空に向かって主張する腕の長さとその誇示するような何回もの水平回転。いつも風景を支配している天空と海は、この時だけは少し身を引いて、巨大クレーンのために場所を開けている。

海底を掘り終わると、再び鉄の爪で自分の乗った船の上からテトラポッドを持ち上げる。エンジン音に力が入る。そして人が入っているガラス張りの縦長の箱の背後から白煙が上がる。ガラス張りの箱の中には小さな人がいるのが分かるだけで、その人の顔の表情も、操縦する手の動きも分からない。クレーンが、このすばらしい秋の天空と濃い海に場所を譲らせた程の規模であることを、そして自分がその中心にいて、長い鋼鉄の腕を誇示する動作をさせていることを、ガラスの箱の中のこの人は知らない。彼は貝が自分の殻を作るときのように、自分がその中心にいる美しさには無関心で、クレーンの鉄の爪の先端に、そして摑んだテトラポッドのこれから置かれようとする位置に神経を集中している。人も貝も今、自分を作っているのだ。

こうして何日か掛けて、テトラポッドの列が波打ち際を、美しいコンクリート色のカーブで縁取り終わる。巨大クレーンを載せた巨大平底船は、ある日を境に嘘のようにいなくなる。記憶の中にその巨大さを小さく遠く残したまま。力んだエンジン音と白煙の記憶もそのさらに奥に少し残し。そしてその波打ち際は再び天空と海が支配する以前の場所に戻る。

波打ち際には白い波のフリルが残る。終日テトラポッドの列に向かって、濃く青く盛り上がった波が突進していき、白く砕けては引いて、またやってきた濃く青い波が突進して砕けては白く引いていく。やがてその砕けては引いていく白波が、天空の奥から差し出す繰り返しの舌技の果てのように、テトラポッドの全ての脚が泡となるその日まで。

水母海月文字

初夏になると季節の到来を知らせるようにクラゲが発生する都心を流れるその河口の周辺には、幹から枝が伸びるように多くの運河があったから、それらの運河にもクラゲがその時期になると白い半透明な傘を閉じたり開いたりしながら群がって上ってきた。そして大潮の時の満ち潮で、運河縁りにある水辺公園のタイル張りの波打ち際に入ってきたクラゲは、そこで潮が引くと、何匹かが決まって置き去りにされ、タイルの上にそのゼリーを残した。

そんなある日、その日はよく晴れた風の強い日だったが、河口の高層マンションの上層部の開け放たれた部屋の窓から飛んできた一枚の紙が、白い光を反射しながら何度も風に巻き上げられて落ちてくると、クラゲの死体の上に貼りついた。やがてクラゲの死体に直接あたって濡れた部分だけが残り、それ以外は千切れて再びどこかへと飛び去っていった。

クラゲの死体の上に残った紙の切れ端はゼリーに密着していたから、それ以後どんなに強く風が吹いても、その上から離れなかった。濡れた紙にはびっしりと文字が印刷してあり、その印刷面がゼリーに密着していることが、裏からでもよく分かった。

やがて夜が訪れ、運河縁の水辺公園に薄青い外灯が灯った。その時には紙に覆われなかったクラゲの死体はゼリーが細かく分裂して、クラゲの面影はもうなかったが、紙が張り付いた部分だけは、まだクラゲのボリュームを残していた。

夜の水辺公園にやって来たのは、数人の犬を連れた散歩者と数匹の猫と数組の恋人たちだったが、やがて彼らの姿も消え、満天の星と皓々と照る満月と運河に沿って点々と薄青く灯る外灯の明かりだけになった真夜中、潮がゆっくりと満ちてきた。そしてそのびっしりと文字が印刷された紙切れが張り付いたゼリーは波に再び洗われ、浮かび上がった。寄せては引くさざ波に弄ばれていたゼリーの塊は、紙が張り付いたままタイルの波打ち際の中で岸から離れたり近づいたりしていたが、しばらくして浚渫（しゅんせつ）船らしい闇で黒しか分からない船が立てた大きな波が来たとき、張り付いていた紙の切れ端は、ゼリーから離れ、名残惜しげに外灯の明かりで白をぎりぎりまで維持しながら遠ざかり、やがて黒い川面の闇の中に消えていった。

しかしクラゲの死体の方は、その大きな波にもかかわらず外灯に照らし出されたタイル張りの波打ち際から離れず、相変わらずそこで波に揺れていた。それが紙と一緒に闇の方へと離れて行かなかったのは、タイルの波打ち際と黒い運河とを区切るフジツボがびっしりと付着した鉄格子に、ゼリーの一部が絡んでいたからだった。

こうしてクラゲの死体がタイル張りの波打ち際で波に角度を変えながら上下していたとき、外灯の薄青い明かりがゼリーの内部に一瞬入り込んだ。それまで光がゼリーの表面で反射してしまい分からなかった、先ほど剝がれていった紙に印刷されていた文字がクラゲの体内に染みこんでいて、透明な中に文字がいくつか浮かび上がった。その時そこに一瞬浮かび上がった文字の中で一番濃くはっきりしていたのは「再回帰線」あるいは「再回帰船」、どちらかに読めたが、次に外灯の光がゼリーの内部を照らし出したとき、「再回帰線」あるいは「再回帰船」の文字はゼラチンの透明度の中にすっかり吸収されていた。

南圃（なんほ）金色爪女

「ねえ、私の顔、どこまで転がせるかしら？」

蓮の花の二輪咲く南の野菜畑で、顔も体も丸々とした女がそう言う。

僕は別の女のことを考えていた最中だったから、半分上の空で答える。

「転がせるってどういうこと？」

「こういうこと」

丸々と太った女は丸々とした顔を、丸々とした腰のあたりまで転がして見せた。猫科の動物が腰のあたりに自分の顔を載せて眠りにつくような姿勢だった。

僕はこんな遠い顔の位置もこの女だったらありうるのだと思った。そう思ったとき、僕がその時考えていた別の女が、自分の中の男を自分で産んで、自分を愛しているのか子供を愛しているのか分からなくなっていることは、この丸々とした女が丸々とした自分の顔の位置を信じられないほど遠くにできることと同じなんだと気がついた。それからため息と共に二人ともけものだと思った。というのは二人ともかわいかったし、二人ともちょっと間違えばどこまで怖くなるのか分からない物静かな怖さが普通にあったから。

顔も体も丸々とした女は、胸を地面にぴたりとつけ、腰を思い切り高くする姿勢をよくした。それは猫族の背伸びの姿勢と同じだったが、顔も体も丸々とした女はこの姿勢で、風景を自分の膣の中に吸い込んでしまうのだ。荒んだ時代の荒んだ場所で小屋がけのサーカスのけもののする少し卑猥な芸にどこか似ていた。それから子宮の中に吸い込んだ風景を、顔も体も丸々とした体に合う形に変えて再び外にだした。産んだのだ。女が顔も体もいよいよ丸くなってきたこと、顔を転がして体のどの位置にでも置くことができるようになったのは、そんなふうにして自分に風景を入れて何度も産み直してきた結果だった。

しかし僕がその時思っていた別の女は風景よりももっと生々しくもっと現実的に、自分の中に初めから男がいた。だからその男を自分で産んだのだったが、それはこの顔も体も丸々とした女がこんなふうに外の風景を入れて産み直したことと同じだと僕は気がついた。ただ僕が考えていた別の女は、自分の中が初めから男と女に分かれていて、産み直さねばならない自分は、風景ではなく、ちゃんとした男性器がある男性だった。もっと正確に言えば、自分の中の男を外に出すのだから、産む子供は絶対に女であってはならなかった。その肉の生々しい絶対条件。そのことだけが顔も体も丸々とした女とは違うと僕は思った。

「あなたが今一体何を考えているか当ててみましょうか？」

僕がそんなことを思っていると、顔も体も丸々とした女が言った。顔も体も丸々とした女は、顔を元あった位置に戻し、今度は猫族ではなく兎女になって、そばにあったサーカスの小道具のような月を引き寄せて、月の上で風景の妊みの姿勢を取った。腰を高々と上げ、月の岩山に向かって膣を開くあのいつもの姿勢だ。丸々とした兎顔の頬は、クレーターの輪の中に押し当てられている。僕は月の岩山が女の子宮の中に吸い込まれていくのをだまって見ていた。そして僕は少し心配になった。遠くから見上げた兎の影のいる月ではなく、自身がそこに行ってしまって本物の月の岩山の風景を子宮の中に入れたら、この顔も体も丸々とした女はいくら自分が兎女になっていても死んでしまうのではないかと。

こうして別の女は自分の中の男を産んで、男の自分を育てつつ自身は死に、顔も体も丸々とした女は、荒々しい月を子宮の中に入れて月の光に輝きながら死んだ。二つの物語は、ほぼ同時並行的に共に死で終わった。二人とも美しい金色の爪を持っていた。二〇一二年の冬のことだ。

乙姫玻璃胞（はりほう）

浦島太郎は帰り際に、一抱えほどもあるガラスの球体を乙姫にもらった。乙姫はその大きなガラスの球体を手のひらに載せていたが、それは乙姫だからできたことで、やっと戻ってきた村の浜に着いて、亀が体を揺すって背中からガラス球を波打ち際に降ろして去った後、太郎はそのガラス球を自分で運ぼうとしたが重くて地面から数センチ浮かすのがやっとだった。あの時、乙姫は手のひらの上のガラス球を見ながらこう言った。

「この珠は玻璃胞といいます。竜宮城の宝の一つです。故郷に帰って何か困ったことがあったら、この珠を私だと思って声を掛けてください。そうすれば私が玻璃胞の中に現れ、あなたの困ったことを解決するでしょう」

太郎は波に洗われる玻璃胞を転がしていって、波が届かないところまでどうにか運んだ。すぐに大勢の村人たちが、玻璃胞の周りに集まってきた。そして口々にこれは何だろうと言い始めた。太郎はそんなことよりも集まってきた村人たちの中に自分の知った顔はいないかと探したが、誰もいなかった。それで今度は、村人たちに自分の母親と父親の名前を言ったが、誰も知らなかった。

「私は八日前までこの村に住んでいました太郎と言います。どなたか私の家をご存じの方はおられませんか？　ここから見えるあそこに私の家は建っていたのです」

太郎は崖の上の松林の中を指さした。そこに家などは昔から建ってはいなかった。村人たちは首をかしげるばかりだった。


すると、「太郎や、太郎や」、という声がした。小さな声だったが、確かに母親の声だった。声は村人たちにも聞こえるらしく、全員があたりをきょろきょろと見回した。

「ほら、ここだよ。私はここにいるよ」

声は玻璃胞の中からしていた。中に小さな母親が立っていて、太郎の方に、おいで、おいでをするように手をさしのべていた。太郎は驚いて言った。

「母さん、どうしてこんな中にいるんだ。家はどうなったんだ」

太郎は玻璃胞に顔をくっつけるようにして中に向かって叫んだ。


小さな母親はいっそう小さな声で言った。

「私は死んだんだよ。お前が海からいつ帰ってくるかいつ帰ってくるかと待っている内に、私も父さんも死んでしまったんだよ。ほら、父さんもここにいるよ」

小さな母親の背後から、小さな父親が現れた。父親は弱々しげに、やあ、といった感じで太郎に手を振った。それから二人は消えた。太郎は一人になったと思った。太郎は玻璃胞の前に座って砂浜で一人うなだれた。そのうちに村人たちも劇中の人物たちが退場するように太郎の前から一人また一人と姿を消した。さらに劇が終わって観客さえいなくなったようにあたりは暗く寂しくなった。

太郎は困ったことがあったら玻璃胞に向かって私を呼び出しなさいという乙姫の言葉を思い出した。

「乙姫様。どうか助けてください。私はたった一人です」

するとガラス球の中に太郎の両親と並んで乙姫が現れた。

「どうしました？」

太郎はガラス球に両手を当てて抱くようにして言った。

「この球の中に入りたいのです。外には知った人は誰もいないのに、この珠の中だけには知った人たちがいる。私もそちらに行きたいのです」

するとガラス球の中の乙姫は言った。

「あなたが見ているものは幻です。こちらに入ってきても何もありません。私たちの姿は作られているのです」

「でもこんなふうに皆と話ができる」

「それはあなたの寂しいと思う心が玻璃胞に反応してそう見させるのです。私たちはあなたの記憶によって作られた影です」

「それでもいい。それでもいいから、私はそちらに行きたい」

「こちらに来ても私たちはここにはいません。あなたがここに来ても意味はありません」

「じゃ、あなたがたは一体どこにいるのですか？」

「あなたの記憶の中です。私たちはあなたの記憶以外の場所にはいません。たとえ私たちが目の前にいても私たちはあなたの記憶の中にいます。そして今は、あなたと私たちの距離は遠いのです。ここに現れた私たちは影です。ここには何もないのです」

「その遠い場所に私も行きたい。あなたは困ったことがあったらこの珠の中のあなたに声を掛ければ、解決してくれると言った。今がその時なんだ」

乙姫はしばらく何も言わなかった。それから心を決めたように言った。

「ではあなたがこちらに来られるようにしましょう。崖の上の松に縄を掛けて、首を吊りなさい」

人間蛇体宇宙

遠い昔に中国やギリシアやアラビアにあったイメージ。宇宙の果てで自分の尾を咥える蛇。今そのイメージが、新しく表現し直された。

宇宙の一定の方向に現れる船を、地上のマンション群の全戸が、アンテナを空に向けてキャッチしようとしている。全てのアンテナが同じ方向を向いていることで、しかもそれが衛星テレビ番組を受信するためではなく、ある回帰する宇宙船をキャッチしようとしていることで、これから起こる出来事は、地上の全戸にとって自分たちの運命を左右する必死の出来事であることが示されている。しかも地上のマンション群は、軍隊の行進のように左右対称に整列し、その左右対称性を保ったまま風景の奥へと連続していて、遠近法にしたがって縦列がすぼまっていくと、最後は消尽点の手前で突然切れている。

遠い昔蛇は自分の口で自分の尾を咥えたが、二十一世紀の彼女のイメージでは、この蛇の口がマンション群の各戸に取り付けられたパラボラアンテナに変わった。そこまで見えてくると、地上の消尽点の手前で急激に消えたマンション群の尾は地上にあるのではなく、ワープしてアンテナの電波口が捕らえようとしている回帰した宇宙船のいる方向にあることになる。

彼女の表現する宇宙的ループはこうして新しいイメージになって完成する。すなわち回帰する宇宙船は、マンション群の消尽点の手前で消えたコンクリート製の尾そのものであって、パラボラアンテナはそれをこれから自分の口に咥えようとしている。彼女のループする蛇。電波とテレビの画像とコンクリートのマンション群の上のパラボラアンテナで構成されたループ。しかし彼女の新しさはもっとその先にある。

蛇が自分の尾を咥えるイメージでは、そのことは人知を越えた出来事であるため、宇宙構造には人は全く排除されているのに、二十一世紀の彼女のイメージでは、人の集団がその蛇体を構成する一つ一つの要素になっている。蠢いているのは人知を越えた宇宙の果ての蛇ではなく、無数の人なのだ。マンション群の各戸の中で、テレビの前に座って今か今かと何かの受信を待っているのは人なのだ。

ウロボロスは我々から遮断された向こうにいるのではなく、こちら側にいて我々自身がまさにそのウロボロスなのだ。神秘や不気味さは神によるのではなく、我々自身が神秘や不気味さの構成要素になっているのだ。これが彼女によって二十一世紀に再発見されたウロボロスの新しい姿だ。

田舎放火展示

僕と妻は田舎の細道を歩いていた。何かの用事があったのだけれど、それほどたいしたものではないようだったから、散歩ついでに用事も片付けるといった歩き方を僕たちはしていた。用事の中身については、僕は全く気にしていなかった。僕たちは、丈の低い草の生えた細道の上を、耕したばかりの焦げ茶の水分の多い土の畑や、何が作ってあるのか外からは見えない曇ったビニールハウスがあったりする、ゆったりと視界が開けた田舎の風景を楽しんで歩いていた。妻と話はしなかった。いや、会話はあったかも知れないが、それが記憶に残らないほどに妻の存在は希薄だった。

しばらく行くと、歩いている細道の行く手に、人形が横たわっているのが見えた。人形は四十センチくらいの大きさで、絹らしい薄手の白い夜会服を着て、使い古された搬送用の木箱を伏せた上に寝かされていた。僕たちはその人形のところで立ち止まった。

足下の人形を見ながら、僕と妻との間に会話があったはずだが、会話によってこのおかしな状況を納得できた気分に僕はいきなり達してしまっていた。僕はそのときは、これが田舎の風景の中で行われている人形の展示会であることを納得できていたのだ。あったはずの妻との会話を飛ばして、いきなり納得した時間まで飛んでしまっていた。忙しいビデオの早送りのように。しかしそう納得できたのは妻との会話のおかげだったことは、確かだった。

人形の顔は隠されてはいなかったのに、見ようとしてもなぜか見えなかった。全体の印象からして顔はおそらくビスクドールのような作りになっているはずだという印象だけが僕の中に入っていて、なぜか見えない状況を押して是非人形の顔を見たいという気持ちを僕に起こさせなかった。それよりも、こんな視界の開けた田舎の風景を利用した展示の方法が新鮮で、妻と一緒に感嘆の声を上げたはずで、僕はその感嘆の尾を引きながら思わず周りを見回している場面に飛んでいた。場面はこうしていくつか飛んでしまっていたが、飛んでしまった間の場面の影響は、たどり着いた場面の僕に正しく引き継がれていた。

そばには近寄れなかったが、潤った焦げ茶の耕されたばかりの畑の中央にも、細道と同じように古ぼけた木箱を伏せた上に人形が一体寝かされて展示され、その畑に接した、すでに僕たちが通過した中が見えないビニールハウスの中も、同じく人形の展示会場になっているらしいどこか華やいだ雰囲気が漂っていた。ただその焦げ茶の畑とそれに接したビニールハウスは、最初に見たものとは別のはずだった。それは僕たちが細道を進んでいたからそうであるはずだったが、ここでも細道を進んだ経過は飛ばされてしまっていた。通り過ぎたんだという言葉にしなくてもいいその実感が、僕の中に残っていた。

展示会の関係者の姿はどこにも見えなかった。おそらくビニールハウスの中にいるのだろうという納得さえしないままに、このおかしな人形の展示会を僕はやはり納得していた。関係者はビニールハウスの中にも誰もいないのかも知れない、田舎の風景のなまの姿を保つために、人は無理にいないようにしているのだろう、そんな会話さえ妻との間でなされたようで、その結果得られたに違いない心の平静さが僕にはあった。そして展示会の関係者だけでなく、観客もいないのが当然だという決めつけが、ここの風景のあらゆるところに満ち渡っていて、それにもかかわらず僕たちだけは歴然といることがどこか変だという気さえ僕たちには起きなかった。

僕たちは用事を済ませてから帰りにゆっくり見ようと、これも相談ができてしまっている雰囲気の中で、細道の真ん中に置かれている人形に体が触れないように注意して、横歩きで木箱のそばを通過して先に進んだ。人形の姿が見えなくなった後、僕は薄手の夜会服の裾の一箇所がまくれ上がっているところを思い出して、何かひどい現場、人形が陵辱されたのかも知れないと思ったが、それは妻には言わなかった。そこから一気に今までにない量の場面の早送りがあった。

すでに僕たちは用事を済ませての帰り道を歩いていた。細道の行く手に一人の若いずんぐりとした女性が立っていた。展示会の関係者のようだった。僕たちが近づいていくと、さあ、ご覧下さい、といったふうに僕たちに向かってさしだした右手をゆっくりと足下の人形へと降ろした。僕たちの視線は誘われるように足下に行くと、そこに釘付けになった。人形は黒焦げになっていた。

女の子、彼女はそう言ってもいいほどに若く、美術展の関係者というよりはコンビニのアルバイトの女の子のようで、黒焦げに燃えた人形を僕たちに売りつけようとしていた。女の子の、さあ、ご覧下さいという、手の誘導がいかにも自信があったから、もし行きに燃えていない人形を見ていなかったら、こういう展示もあり得ると僕たちは納得してしまったかも知れない。黒焦げの人形を見て僕たちはひどく動揺した。

その動揺の落ち着く先で、僕の心を決定するために、女の子ともなにがしかの会話があったはずだが、そんな場面も飛ばされて、僕はこれが犯罪であることを知ってしまった後の落ち着きのただ中にいきなり入ってしまっていた。その飛んで入った場面では、僕たちが行きには燃えていない人形を見ていたことを女の子は知っていた。それで黒焦げの人形の売り場が、一気に展示物損傷の犯罪の現場に変わった。少し離れていたが耕された畑の真ん中に置かれた人形もやはり黒焦げだった。僕たちは続いて、ビニールハウスの中に案内された。案内されていく途中の場面はもちろん飛ばされていた。

ビニールハウスの中には大勢の人がいたが、人々の存在感は限りなく希薄だった。僕たちが出会った女の子も、いつの間にかその薄い気配の中に紛れて消えていた。僕たちは、いや、その時は妻さえその希薄な人の気配の中に消えてしまっていて、僕は一人で僕の足下に横たわっている木箱の上の黒焦げの人形を次々と見て廻った。

銀色一人魔女

彼女は銀色のチョコレートの箱のような詩集を何冊か出した後、それを積み上げて階段を作るつもりだった。まず一緒に住む二頭、親子の獣の背を、小さい方から大きい方へと踏んで頭上を優に超える塀の半分を登り、次に残りの半分は、銀色のチョコレートの箱のような詩集の階段を登って、その高い塀を越えようとしていた。銀色のチョコレートの箱のような詩集の階段だけで塀を越えなかったのは、踏むことで彼女が二頭の親子の獣を捨てる決心をしたことを、獣たちに思い知らせるためだった。彼女はサディストに違いなかったからだ。

彼女は両腕に鎖を引きずっていた。それは楽園のうちに残した自分の場所に自分を縛り付けていた太い鎖だった。それを引きちぎったのだ。登りつつあった彼女は自分のいた楽園の場所を振り返らなかったが、二頭の大小の、彼女から「犬」と呼ばれていた二頭の親子の獣たちは、名残惜しげに彼女が抜けた白い跡を見ていた。その場所には彼女の人型の白い空所ができていた。

コルセットで締め付け、鯨の骨で作った逆円錐の枠を着けた上に豊かなボリュームのスカートを上から穿く、古いアメリカ映画の女主人公のようなシルエットがそこに白く残っていた。その彼女のシルエットは、楽園の草がはびこることなく、そのままの形でずっと残り続けていくはずだった。それは、二頭の獣が彼女に階段代わりに踏まれた瞬間、彼等の心の中に悲しみの形として永遠に固定されたからだった。

この楽園の中で、彼女から細い黄色い声で、「犬、行くよ」、と呼びかけられ続けてきた二頭の獣たちは、そう呼びかけられる毎に歓びを感じ、そして一旦始まったその歓びはとどまるところを知らず、ついにあまりの歓びのために、いつも半裸の人間の男に変身すると、彼女のクジラの骨でできたコルセットや、同じく鯨の骨のスカートの枠や、襞の多い衣装を、ねじ曲がった古い大きな革の旅行鞄に入れて自分たちの頭上に乗せて運ぶのだった。

こんなふうにして彼女は、詩集を読んだ女の友人から「まだ、あなたそうなの！」とあきれられるほど長く、楽園の中をあちこちと「犬」たちを連れて移動していた。楽園は、彼女の思う通りの彷徨うための原野を、忠実にそして限りなく美しく優しく、時に彼女を愛撫するように優しく再現した。二頭の獣たちばかりでなく、この楽園も彼女を愛していたからだった。そして今、彼女は楽園の全てを捨てようとしていた。

高い高い塀の向こうには、豊かな針葉樹の深い深い森があった。その深い深い森はすでに森の外の人々によって「魔女の住む森」と名付けられていたが、魔女は実際にはいなかった。彼女はその森に、魔女になって住むために、楽園の塀を乗り越えて向こうに出ようとしていた。それが彼女の宿命だったからだ。そこは彼女にとっては初めての、外の人間、ごくたまに迷い込んでくる木こりたちと交流できる場所だった。深い深い森にたった一人の魔女として住むために。

鼠回車旅行

彼とはバス旅行を一緒にしていた。僕たちは決まって夕方から夜にかけて移動した。雨のしとしとと降る田舎町から、同じように雨のしとしとと降る早朝の田舎町に着き、その田舎町を夕方から夜にかけてまた出て行く、そういうことを繰り返していた。僕たちは二匹のハツカネズミが自分の脚で回す回し車のようなバス旅行をしていたのではないかと、今になって思う。その彼は僕よりも先に死んでしまった。二人で回す回し車のような旅行は、孤独好きの僕には彼とでなければできなかっただろう。とにかくあの頃は、時間は彼と一緒に回したのだ。

そのうちに僕たちは別々にバス旅行をするようになり、僕が一人のバス旅行から家に帰ってくると、旅先から出した彼の手紙が時々届いていることがあった。そんな矢先に彼は死んでしまった。

彼とは同窓だった。彼と一緒にしたバス旅行は、しとしとと雨の降る田舎町からしとしとと雨の降る田舎町へと移動した記憶があるだけで、それ以外に彼のことはほとんど記憶に残っていない。彼のことで一つだけ記憶に残っているのは、別々にバス旅行を始めてしばらく経ったころ、同窓会があって、久しぶりに彼に会ったとき彼が話したことだった。

同窓会には彼はなかなか現れなかった。同窓会が始まってだいぶ経っても、彼は現れなかった。僕は自分の横の座席を空けて彼が来るのを待っていた。会が始まってどれくらい経ったのか、彼はやってきた。僕はどうしたのかと彼に聞いた。

「いや、ちょっと他人の蔵の中で、本を探していたんだ」

「本を買うつもりだったのか？」

「いや、アルバイトなんだ」

「アルバイト？」

彼は一呼吸入れてから言った。

「言われたジャンルの本を蔵の中から探してくるんだ」

その後彼はどんなふうに話したのか覚えていないが、その状況は今でも僕の記憶の中にある。

蔵の中にはその蔵の持ち主の奥さんと、身元不明の一人の男がいて、彼に次々に本のジャンルを言うのは、その男だった。奥さんは本の持ち主であるというだけで、おそらく未亡人で、亡くなったご主人の本をそのまま蔵に入れて持っていたのだろう。彼が僕にそう説明したのか、僕が想像してそう思っているのか、そこの所ははっきりしない。いずれにせよ、そうなのだ。そのジャンルを言い続ける男の正体は分からない。彼は男の言うままのジャンルの本を山と積まれた中から探してきて、奥さんと男の前に何冊か持ってくるということを蔵の中で繰り返したというのだった。

それで彼の話は終わった。その後同窓会で、彼とどんな話をしたのか全く覚えていない。それから彼とは会わなかった。互いに別々のバス旅行で彼からは手紙は時々届いたはずだが、手紙の内容は覚えていない。彼が死んで手紙も燃やしてしまった。僕はまだ一人のバス旅行を続けている。夕方から夜にかけて、しとしとと雨の降る田舎町を出て、早朝しとしとと雨の降る田舎町に着く、例の回し車の旅行だ。

空中蹴球

私はずいぶん昔の自分の職場を訪問した。転勤に転勤を重ねた離職間際の時だった。緩い一面芝生の丘の中腹にある三階建ての色褪せた古い建屋で、私が配属されるよりももっと前に建てられていたから、当時すでに歩けばギシギシと音を立てる木の床だった。そこには私が勤めている会社のオーディオ製品の品質部門があった。その時は私はそこから遠く離れた都心の本社にいて、する仕事もあまりなかったが、会社の製品であるヘッドホンの左右の音が消しあって無音になってしまう不具合を確かめてみたくて、昔いたその場所に一人で赴いたのだった。それは緊急の不具合ではなかったし、市場でその不具合が実際に問題になったこともなく、ただ私が予想した不具合だった。だから、それは半ば趣味に近い理由からの訪問だった。

私は油引きの古い木の階段を三階へと上がった。そしてもう何十年も前にいたのだから私を覚えている者は誰もいないだろうと考えながら、開閉に音を立てる両開きの扉を開けると、昔のままの大部屋に課ごとの島を作った机の列がいくつも一望に見渡せた。ザワザワと皆忙しそうにしていた。それは昔私が見た光景と同じだった。その有様を扉のところで立ち止まって眺めていると、工場服の上着を着た事務の若い女の子が近寄ってきて、私に親しげに声を掛けて来た。私はその女の子の顔は全く見覚えがなかったが、向こうは私を知っているようだった。

趣味に近い不具合の再現に本社からのこのこやってきた私は、その会社のそれなりの地位にいたのかも知れない。そのへんのところは自分のことなのにひどく曖昧だったが、別に気にはならなかった。靄がかかって曖昧にしているところを詮索する気は私の方にもなかった。時間は私に近い誰かの意欲のままに流れていた。私はその親しげに接してくる若い女の子に一つの机の島に案内され、そこの長である技術者の一人に紹介された。私は彼に自分の目的を話した。

その技術者はすぐにその不具合を再現するために大勢の部下を集めた。私は、左右の音が打ち消し合って、中心では無音になってしまうという不具合をここで再現したいと、訓示のような調子で集まった大勢の若い技術者たちに話した。

それから私を含めて全員が建て屋の外に出た。そこには芝生の緩い丘が見渡す限り続いていた。そして私を含めた全員でサッカーが始まった。そのサッカーが不具合の再現実験であることは、私には、いやその大勢の若い技術者たちも全員が納得していた。そう納得できる秩序がそこにはできていた。だから私たちにはサッカーが始まったことは当たり前のことだったし、特に私には、サッカーが始まったことには、私の過去から立ちのぼってくるかぐわしい香りのような快感さえ感じられた。

私はゴールのそばにいた。ゴールは普通のサッカーのゴールとは違っていた。何かの機械めいたものがあったが、私はあえて振り返らなかった。振り返らないことが必要な状況が漂っていたし、私はゴールの姿にそれほど興味もなかった。私はゴールキーパーなのか、とにかく年老いていたが、私もそのサッカーに参加していた。相手側のゴールはどこにもなかった。前方には緩い芝生の丘があるだけで、その先は空があるだけだった。こんな状況で、敵味方に分かれて試合が始まった。

ボールの蹴り合いは私のいるゴールよりも遙か離れた場所で繰り返された。私は杖を突いてゴールのそばに立って、私からずいぶん離れた丘の中央で蹴り合いが続くのを見ていた。そのうちその蹴り合いは熱度を増し、芝生の丘を離れ、空中で行われるようになった。すると一人がうまく私のチームの虚を突き、空中から大きなシュートをこちらに向かって放った。ボールは私一人が杖を突いて立っているゴールに向かって正確に飛んできた。

私は私の頭上を越えてゴールに入ろうとするボールを倒れながら危うく制し、何とか大勢の技術者たちがいる空中までボールを蹴り返した。その時私は手を使った。それはルール違反であることを知っていたから分からないように手を使い、その後で脚で蹴ってボールを皆がいる中央位置まで戻した。いや正確には手を使った意識はあったが、杖を突いていたのにどうやって脚で蹴ったのかは、全く自分でも分からなかった。

相手チームの誰かが、「ハンドだ！」と叫んだが、私は知らない振りをした。そして蹴り合いは空中ではなく再び私から離れた丘の上で始まった。緩くはあったが斜面の上でするサッカーは選手たち全員にとってハードなものだった。私はヘッドホンの不具合の再現までもう少しだと思った。もう一度全員が空中に上がってボールの蹴り合いが始まれば、不具合は再現されるはずだと、私は杖を突きながら一人ゴールのそばに立ってかなり離れた場所でのゲームの一進一退を眺めていた。

妖精狩猟区

シュールレアリズムという衣装を着けて肉体の透明性を包んだ言葉が
詩集の中で僕の前に意味はないのに意味のしなを作って現れた
詩の中の一連の言葉と続く一連の言葉の間には何の意味の繋がりもないから
それを読んだ僕には不安だけが透明なナイフを突きつけられたように残った

そのしなを作った無意味な行分けの文字列からなる二ページ分の塊には
「妖精の距離」という艶めいた記号が掲げられている
衣装の下の妖精の体の方は意味で結びつかないように透明にしておいて
店の看板の方は意味を持たせて女性器の記号をはっきりと露出する詩法

この詩の作者は意味で繋がる言葉は汚いと言っているようだ

妖精の体は透明だから意味で繋がってはいけないと言っているようだ
同じ空を飛んでも意味で構成された鳥は汗をかき糞をするから汚い
鳥から妖精までの距離は無意味ほどに遠いと言っているようだ

しかし作者が僕に突きつけたものは妖精までの距離ではなく
妖精の体を売るそぶりを見せながら体そのものを拒絶した透明なナイフの手際から来る不安
だけだ
僕はこの透明なナイフの不安を突きつける作者から不安の根元のナイフを奪い取って
こうして雲がよぎる青空のナイフに錬金してからまずは代官山あたりからヴァギナを持つ妖
精狩りに行く

美男列車

男の目鼻立ちははっきりとはしなかったが、彼が金髪の若い男らしいことはそれでも見ることができた。夢の中から染みだしてきたような彼の姿は線路の上を移動していた。走っているのではなかった。彼は浮いていた。そして肉体というものを軽々と超越していた。

彼は線路の上を移動しながら、隣の線路を走る貨車に話しかけていた。体は線路の進行方向を向いていたが、顔は貨車の方に向け、しきりに貨車に話しかけていた。貨車は当然貨車以外のものではなかったから、彼の話に何かを答えることはなかったが、彼の話をゴトンゴトン、ゴトンゴトンと音を立てながらじっと聞いているようには見えた。

彼の目鼻立ちははっきりとはしなかったが、その体型や顔全体から来る印象からは、彼がギリシア神的な造形の、美しい男であることは確かだった。貨車は中央から左右に開く扉のある今ではあまり見かけなくなった貨車だ。そう思って見直すと、彼は今から七十年前に、そのギリシア彫刻的顔のために最もセクシーだった男性映画俳優で、その時のフィルムから抜け出してきたようにも見えた。とにかく彼は線路の上を浮上して移動しつつ、貨車にしきりに話しかけていた。

その貨車と彼のイメージを持って踊っていたのは一人の女性ダンサーだった。彼女は自分とは全く世代の違うその男性映画俳優が好きだったが、今踊っている彼女のイメージの中に貨車と共に現れた男がその男性俳優であるところまでは、イメージを詳細にすることはできなかった。貨車の明瞭さに比べ、浮上して移動している男の顔は曖昧だった。女性ダンサーのイメージの中では、男には何も答えず、ゴトンゴトン、ゴトンゴトンと音を立てて走っている貨車の方が主役だったからだ。

ゴトンゴトン、ゴトンゴトン。女性ダンサーはこのリズムに乗って、ダンスのクライマックスに達しようとしていた。自分でする振り付けも、自分で考えるダンスの物語も、ナルシズムを基調にしていることは意識的だったし、ナルシズムでなぜいけないの？　という主張もそこにはあった。そしてこのクライマックスは、ナルシズムの土壌に芽を伸ばした、ワタシという名の植物が、肉体の限界の果てに咲き上げた汗を垂らした花だった。クライマックスが終わったほんの一瞬だけ花冠を揺らしうつむく花だった。

このようにいつもはダンスの始まりの時、貨車と併走するのはワタシだった。そしてこの貨車のゴトンゴトン、ゴトンゴトンというリズムに合わせて踊りながら、ワタシは最後にはナルシズムの花の咲くあの場所、線路が交わるあの場所に身を投げるのだった。しかしその日は違っていた。貨車と併走しているのは、間違いなく男だった。何かがワタシを男に変えていた。そして男が、いつものナルシズムのレールが交差する場所に向かって走っていたのだ。

ゴトンゴトン、ゴトンゴトン。リズムは否応なく彼の愉悦を高めていく。戻るにはもう遅い。ワタシは彼になっていて、もう彼はワタシには戻れないからだ。ワタシは彼であり、彼のままあのナルシズムの花の咲く消尽点に飛び込まねばならない。ゴトンゴトン、ゴトンゴトン。ゆったりとした愉悦が終わると、男の体に苦痛が満ち渡り、悲鳴が汽笛のように鳴り響く。あの場所で男が咲く、その一瞬だ。

天使落下実験

その実験はアメリカでは成功していた。ビルの上層階に人をベッドに固定しておいて、その階以下を爆破したとき、それより上層階の人間はその落下のショックに耐えられるかという実験だった。日本でもそれをすることになり、僕はその被験者だった。被験者は僕以外にも数人がいた。

日本でのその実験を取り仕切っていたのは、白髪で長髪の太った年老いた医者だった。その男にはどことなく頼りない態度や口の利き方があった。その上この実験は客観的に見て、成功する確率は高いとは言えないことは、その医者にも僕にも分かっていた。僕はこの実験のために体を売ったというのではなく、こうするのが僕の仕事だった。それは社会的に認知された仕事だった。それにこの仕事は落下する一瞬に命をかけるだけの仕事というのでもなく、もっとコツコツと着実にこなしていく過程がそこにはあった。ただその着実さは表面化してはいなかった。そのコツコツとする仕事に必然的に命の危険がついて回っただけだった。そして今回の仕事は、その危険度はかなり大きかった。

爆破されるのは山裾にある高層の病院だった。新しくはないが、古くもなく、十分まだ使える病院だった。その最上階に、数台のベッド型のカプセルが並べられていた。ベッドには拘束バンドが何カ所かあり、顔のあたりにガラス窓のある白い金属の蓋が被さっていた。実験は間近に迫っていた。

僕は被験者ではあったが、実験の責任者と同じようにこれを仕事と考えていたし、その仕事に対する情熱も使命感もあった。違うのは、僕はこのカプセルの中に入ることだった。そしてビルの爆破の時カプセルに入ってこの階にいるが、責任者の男はその時は安全な場所に退避していることだけだった。これが僕の社会的に認知された仕事だった。そのことに何の不満も疑いもなかった。

「大丈夫かなあ。ここはアメリカの場合と地盤の条件が全く違うんだ」

爆破の準備が慌ただしく進められる中で、僕たちはカプセルの周りを歩きながら話した。その時は被験者は僕しかいなかったが、当日には全員がこのカプセルの中に入るはずだった。白髪で長髪の太った老人の医者は気弱そうに僕に始めてそのことを告げた。

「違うって、どう違うんです？」

「アメリカの場合は地盤が深い場所まで軟らかい土だったんだが、ここの地盤は山から続いてきている岩盤なんだ」

僕は固まってさえいないパウダーのような土の地中深くに、斜めになって沈んでいる上層階だけになった巨大なコンクリートの塊を思い浮かべた。

僕はカプセルの中に入っていた。この実験は不成功に終わるだろうと思った。僕の体の中の臓器が、全てバラバラに千切れている様が頭に浮かんでいた。カウントダウンが始まった。死ぬ恐怖が冷たい水のように僕の中心に向かってしみこみ始めた。しかし、僕はこれが仕事だった。

自己心臓自分愛撫

私の自滅が快楽の中で始まる。黒い羊羹のような無意識の闇の最奥部で、捲れ上がりながら意識の光の中に現れようとしているものがそれだ。意識の光の中に現れたそれは象徴的なものとなり、今は快楽の奴隷となった私によって、その象徴がそのまま忠実に現実の私の行為に移されていく。あまりの快楽の強さに、それに逆らうことは誰にもできない。私は快楽を意欲し、その快楽が同時に私を壊していく。だから必然的に、私の自滅はオーガズムのさなかで完成する。

もう少し細部を拡大して話してみよう。

私はありうる限りに理知的だ。しかしその私の理知でもこの快楽に逆らうことは不可能だ。

普通は無意識の最奥部に閉じ込められているこの快楽は、私の場合のように意識の光の中に解放されない限り、存在に自分の肉体への慈しみを与え続ける。自分の肉体への慈しみによって、肉体を安全な場所に置きたいと望み、肉体こそ存在意識の実感となり拠り所となる。でも一旦この快楽が無意識の闇の最奥部から意識の光の中へ出てしまうと、存在意識は肉体から乖離し、とても抽象的なものとなって肉体をいじめ始める。存在意識は神と見まがう純粋な精神性だけになって、快楽のために自分の肉体をいじめ抜いていくのだ。徹底的に。

話を私の場合に戻そう。私は手で胸を開いて自分の心臓をえぐり出し、それを切り開いて、心臓の内面にこれからの生の目的を明記する。曰く、痛在右心房、苦在右心室、悲在左心房、哀在左心室、と。そして再びそれを自分の胸に納め、犠牲者である恋人に向かって、右手の人差し指で天を指して微笑する。さあ、私と一緒に天に昇ろうと。その時左手は再び自分の胸を突き破って、四つの快楽が明記された私の心臓を愛撫しているが、黒い羊羹のような無意識の闇が、血まみれの私の左手を隠してくれているから、同性の恋人にはそんな自愛の様は見えない。私の秘密は完璧に秘されている。大丈夫だ。

もちろん快楽は、私の犠牲者である故に愛する同性の恋人によってではなく、無意識の闇に隠された心臓を愛撫する血まみれの私の左手の方で得られる。そしてその時、お前の自滅は神聖なものだとささやきかけるのは、無意識の闇の奥に潜んでいて、今は意識の光の中でその正体を露わにした黒い化け物だ。それは自滅後の私の再生の物語を、私のあそこに快楽の穴を広げつつそこに取り憑いて語りはじめる。私の耳元に微笑の声でそっとささやくのだ。この再生の物語をこのまま現実に移すようにと。そうすればこの左手で得られる快楽はもっともっと大きいものになると。こうして黒い羊羹のような無意識の闇の一点に潜んでいた黒い化け物は、絶対服従の快楽の道を、金色に輝く神聖な道へと偽造しながら伸ばしていく。私のあそこの穴は夢の現実化の期待に震えながらいっそう大きくなる。

私の夢は私の現実を黒い化け物が言った通りにすること。そうすればついに人生のオーガズムが始まるだろう。生そのもののオーガズムと私のあそこのオーガズムが同時に始まるだろう。オーケストラの管弦楽に、ティンパニの打音が始まる一瞬がとうとうやって来るのだ。想像するだけで私はその場にしゃがみ込んでしまう。

そのために今があり、心臓から流れ出した四つの快楽、痛、苦、悲、哀、を追って、黒い化け物が、私の血管の中を走り回っている。オーガズムが始まり、私の人生の最後はもう目と鼻の先だ。

午前一時午後一時

僕は空中にあった。空中から河原を見下ろしているのだ。僕の真下には速い流れの河があった。河原は砂地で海浜のように大きかった。

その河原に赤い袴と金色の羽織を着た一人と、白い袴と白い羽織を着たもう一人がいた。二人とも獅子の仮面を着けていた。一人は赤い毛で、もう一人は白い毛だった。

やがて二人は組み打ちを始めた。長い時が経ったが勝負はつかなかった。二人はもう一歩も動けず、河原で大の字になった。

僕は河に仰向けになって流されながら、ここまでを見た。

帰還不能駅

その私鉄らしい鉄道は、奈良のどこかの田舎を走っているものらしかった。しかしひどい田舎なのに、僕がいた駅にはいくつもの路線のプラットホームがあり、ザワザワと人で混み合っていた。あたりの風景は全く奈良の深い田舎なのに、その駅だけ大阪の難波駅のようだった。しかし僕の不安はそんな違和感を超えていた。その不安は、電車を何度も乗り換えなければ帰れないこと、ここがひどい田舎で、やってくる電車の本数は極端に少ないことから来ていた。これから微妙な乗り換えは何度もあるのに、一番最初のここで電車を一度間違えれば、もう二度と乗り直すことはできない、そう想像してしまう恐怖に近い不安が僕にはあった。

電車はやっとやってきた。やはり難波駅に着いた電車のように乗り降りが激しかった。僕はその電車に乗るつもりだった。しかし着いた電車で果たして良いかどうか心配になってきた。違う方向に向かう路線のプラットホームはいくつもあることが、急に意味を持ってきた。電車はすぐには出ないようだったから、僕はこの電車が僕の帰る場所へと乗り継げる路線のものかどうか確かめることにした。プラットホームには駅員の姿は見当たらなかったが、階段の下の改札口には駅員はいるはずだった。僕が階段を下りようと階段の柵の前まで来た時、階段の下から制服制帽の若い駅員の顔が現れた。そして階段の柵まで来た僕と、顔を合わせた形になった。

ちょうどよかったので、僕は柵越しにその若い駅員に電車の行き先を確かめた。それは僕の帰る場所への乗り継ぎ駅はこの電車でいいかといった内容だったが、その時僕が口にした駅名は記憶のないものだったばかりでなく、確かに口にしたのになんと言う駅名だったのかも思い出せないものだった。それでもとにかく、僕はその若い駅員から返事をもらうことができた。電車は間違ってはいなかった。やりとりの過程は曖昧なのに、その結果の安堵感だけが僕の中にしっかりとあった。するとそれまでその若い駅員の顔に興味がなかったことを僕に気づかせる勢いで、いきなり親しい笑顔が若い駅員の顔に赤みを帯びて現れた。そしてこう言った。いや、こう言った後に続くのと同じ状況をその赤みを帯びた笑顔が作り上げていた。

「あなたはこんなところまでやって来たのですか！　どうしてこんなところまでやって来たのですか？」

もはやその若い駅員はただの駅員ではなくなっていた。僕のことを非常によく知っている前提で僕に話していた。僕はその明るい笑顔や親しいものの言い方で、僕の方も彼をよく知っているはずだと思った。しかし僕にはどれだけ思い出そうとしてもその記憶がなかった。あったのはその若い駅員は僕を非常によく知っている誰かだという感情だけだった。

僕はそれ以上何も考えられなくなった。考えること自体が禁止されているかのように考えることができなくなった。その若い駅員は、階段の柵から顔だけ出して相変わらず親しげに僕に笑顔を投げかけていた。僕たちにその後の会話はなく、ただその若い駅員の笑顔がますます輝くだけだった。そうして僕はやっと、たくさんの乗り降りする人たちやこの駅のプラットホームや電車に色が全くないこと、その若い駅員の顔がそんなに輝くのは、その若い駅員の顔だけが色を持っていること、それに気がついていた。

漂泊衝動

一羽のカモメがコンクリートで切り取られた下の空を水平方向に飛ぶ
高速道路の高架の底のコンクリートで空が切り取られているそこを飛ぶ
高架を右から左、左から右へと車が高速で走り去る音が聞こえる
知覚の主体は浜の上に作られたコンクリートの高架下にいる
海と空は垂直の橋桁と水平の高架の底で切り取られ部厚いコンクリートの枠の中にある

車の音が水平方向に飛び去っていく
一つが消え去るとすぐにまた次の音が始まる
それが右方向からと左方向からと突然始まり突然終わる
音はすぼまって水平方向の奥に消えそしてまた水平方向の奥から始まる
水平線上に漁船が小さく霞んで一列に居並ぶ

高架下に知覚の中心点がある
知覚の中心点のすぐ横に一艘の陸揚げされた漁船が舳先を水平線に向けている

知覚の主体が数歩斜めに進めばその古い木造船の舳先に触れることができる
知覚の主体の真正面と古い木造船の舳先の真正面は並んで水平線に向かっている
波が打ち寄せる音が縮んだ水平線の幅で知覚の中心点に向かってくる

知覚の中心点は動かない
陸揚げされた漁船も動かない
二羽目のカモメが前のカモメの後を追ってコンクリートで切り取られた空を水平に飛ぶ
右から来たバイクの轟音がピークに達しそれから左の消音点に向かって突っ込んでいく
そしてまた次の車の音が始まり、次のカモメが渚を飛び立つ

知覚の中心点は動かない
陸揚げされた漁船も動かない
知覚の主体が目を瞑ると部厚いコンクリートの枠もその中の景色も全てが消える
そして波の音と車の音だけになる
主体の内部でここを動きたいという意欲と停まっていたいという意欲が争っている

空中歩行者天国

僕たちはコミュニケーションを大切にしていた。それはある集団の中でだったが、どんな集団なのかは分からなかった。分かろうとする以前に、そのコミュニケーションを最終的に完成させるには是非ともその男に会わなければならないことの方が気になって、集団の一人一人には気を配る余裕はなかった。ある日、事態はもう少しはっきりした。つまりその男に会いさえすれば、僕たちのコミュニケーションは成功するというものでもないことが、実際にその男を集団の中に発見した時に分かったのだ。その男に会わなければ、僕たちのコミュニケーションは完成しなかったが、それだけではだめなことが分かったのだ。

その男は集団の中で絶えず動いていた。それも普通の速さではなかった。日曜日の歩行者天国のような群衆の中を、恐ろしい速さでその男は移動するのだった。それは男を追っている僕からすれば、僕から逃げ回っているようにも見えた。そして男は僕がコミュニケーションの完成の最終段階と見なしているものを確かにしっかりと腕に抱えていた。そしてそれを腕に抱えたまま、集団で動く人たちの陰から陰へと入っては、ぴたっと重なって隠れてしまうのだった。

僕はそのスピードの速さと完璧な姿隠しの技術に呆然とした。これでは僕とその集団とのコミュニケーションは成立できるはずがなかった。結構いいところまでいっていたコミュニケーションは、最後のところでその男に完成の鍵を持って行かれてしまうのだった。それでも僕は人の陰に隠れた男の気配は確実に摑むことができた。だから群衆の中にいても、そこから男が隠れている一人を正確に探し出すことができた。問題は男の逃げ去るスピードの速さだった。それは残念ながら僕の能力をはるかに超えていた。

しかしあるとき男が逃げ去る時の姿に、男の腕にコミュニケーションの最後の鍵が抱かれていない時があることに気がついた。僕はその時を見逃さなかった。僕は群衆の一人に近づいて行った。

「あなたにはあなたの陰に隠れていた男の忘れ物があるはずです。それを僕に見せてくれませんか?」

僕がその一人にこう言うと、その一人は自分の周りをきょろきょろと見回して、帆布で作った大工の道具袋のようなものを自分の陰から持ち上げて僕にくれた。僕は早速それを通りの端に行って広げた。それはまさに大工道具一式だった。

僕は再び途方に暮れた。これがコミュニケーションの最後の鍵には違いなかったが、これらの道具を一体どう使えば、この群衆のただ中でコミュニケーションを成功させることができるのか、僕には全く分からなかった。僕は大工道具一式を帆布の袋の中に戻すと、それを肩に提げ、群衆の中を人の陰から陰へと移動する男を再び捜した。大工道具の入った袋をなくしたその男を。今度は男の方も僕を探しているはずだった。

案山子記念写真

僕は魔法が使えた。グループの中で僕が魔法の先生役のような存在だった。グループは僕の他は全員がおばさんだった。僕の使える魔法は、僕自身でも予測がつかないものだった。使える自信はあったが、使った記憶が全くなかった。それでもとにかく僕は信頼されていた。

僕たちは皇居前広場に来ていた。砂利が敷かれた広い場所に円い机を一つ持ち出して、僕たちはその周りに集まって魔法のことを話した。僕はグループのおばさんたちの話を聞いたり、僕が話したりしながら、おばさんたちの魔法を使える力を測っていた。

グループの中ではやはり僕が一番その力は強かったが、一人気になるおばさんがいた。そのおばさんは、僕が子供のころに性的な関係があった女だったが、今はおばさんになっていた。そして他のおばさんと変わらない僕の生徒の一人だと思っていた。しかしこの場所に来て話しているうちに変化があった。

オーラがそのおばさんの周りにでき、昔の女に変わろうとしていた。その女はグループにはいないはずの一人の見知らぬ男の手を引いてお堀の柵まで連れていった。そして記念写真を撮られる位置に二人して並んで立った。

しかしそれは写真を撮ってもらうためではなく、その女がその男に魔法をかけるためだった。その女はその男に魔法をかける位置まで下がった。それは柵のそばに立ってお堀を背にしたその男の写真を撮る位置だった。僕たちのいる机はそのさらに後方にあったから、その女が魔法を使うところはよく見えた。

女は手の平に黒い靄のようなエネルギーを溜めると、その男めがけて魔法を放った。男はニコニコ笑いながら手足をもがれていった。男はひょうきんな顔の案山子がバラバラにされるように、ひょうきんな顔のままバラバラになっていった。

これは僕には使えない魔法だった。そしてそのパワーの黒さも僕にはないものだった。バラバラになった男はバラバラになってもニコニコ笑っていた。ひょうきんさには全く影響を受けてはいなかった。これは僕には使えない魔法だった。

その女は黒いオーラを自分の周りに漂わせながら、再びおばさんに戻り、僕たちのいる方にやってきた。そのおばさんが円い机を囲んだ僕たちの輪の中に入ってくると、輪の中に今までいなかったひょうきんな案山子のような男が完全体で混じっていた。その魔法が使えない僕には、見知らぬ男はバラバラなはずなのにどうして完全体なのか、全く分からなかった。

その後、僕たちは全員がその場所で二重橋を背景に二列になって、前の列はちゃんとしゃがんで、記念写真を撮った。その写真が今僕が見ている写真だ。その写真には僕は写ってはいない。写真は僕が撮ったからだ。下の列の中央にはエヘラエヘラと笑う案山子のようなその男が写っている。

鉄玻璃蜜月体

いろんなものが波で持ち去られてしまい、内部には赤錆びた鉄の骨組みしか残っていなかったが、船の構造からしてそれは客船ではなく、貨物船に違いなかった。それは海底から突出した塔のように尖った珊瑚礁に座礁して、海上のまっただ中に乗り捨てられた鉄の船だった。一体どれくらい前に座礁したのか、色は完全にはげ落ち、中も外も全体がくまなく赤錆で覆われ、船と言うよりは海景に包まれたちょっと異様で巨大な鉄のオブジェに化していた。波の下の白い珊瑚礁の有様を思うとき、座礁した当時のこんな光景が浮かぶ。

海は大荒れに荒れていて、大型の貨物船は小さなコルク栓のように波に弄ばれ、航行不能に陥っていた。そして二十メートルの大波を真横に受け船が大きく傾きながら横に滑ったとき、ちょうど船底の真ん中あたりが尖った珊瑚礁の先端に乗り上げた。そして今はどこにも流れていかない静かな海景の中の鉄のオブジェだった。

ちょっと信じられないことだが、船はその座礁した船底を中心にして、ゆっくりと回転していた。実際、その回転の様は、高度三万メートルの静止衛星から写した写真によって世界中のパソコンで確かめることができた。ネット上で一人のイラン人がそのことを二年掛けて調べて公開したために、多くの世界中の人たちが座礁船が回転していること、しかも一年を掛けて一回転していることを知っていた。太陽の運行、月の運行、特に大潮の周期を使って、この船の回転を何人かが数式で表そうとした。そんな中で注目を集めたのは、この船を磁針に見立て、地磁気の偏差でこの現象を説明したものだった。しかしそんなネット上のブームもいつしか去って、誰もこの座礁した船に注目しなくなったころに、回転とは別のそれが始まった。それは誰の目にも触れることのない海中で起こった。

船が乗り上げた珊瑚礁の塔の中から突然マグマが外に向かって噴き出したのだ。この地域は火山島が多く、あちこちで島の上から噴煙を上げていたが、そのマグマが珊瑚礁の塔の中を上ってきて、座礁船の船底に吹き付けたのだった。マグマが吹き付けられて、それが直接あたった部分の船底は赤変し溶けた。そして溶けた部分の鉄は赤く燃えたまま崩落して船を離れ、沈んでいく途中で冷えて黒い鉄の塊に変わり、ついには闇の深海に消えていった。珊瑚礁の塔から噴き出したマグマはやがて止まったが、何カ所もから同時にマグマは噴き出したから、船底は至る所で部分的に崩落し、水と鉄が互いに食い込み合う姿になった。そしてその鉄と水が食い込み合ったところが、鉄がかつて溶けたことの記憶を宿していた。ただそこには、鉄が赤変して溶けて、船底から落ちていった事実を示してはいなかった。鉄の記憶の中にあったその抉られた部分の鉄は、液相になったことを示していたが、それは赤変ではなくさび色の鉄のまま液体になっていた。いや、色などはなかったといった方がいいだろう。鉄という材質の本質が液体化していたのだ。そして食い込んできた水は鉄とは逆に、固相に、つまりガラスになって食い込んできた。そんな鉄の記憶は、誰の目にも見られることなく鉄だけが知っている記憶として海中に残った。

こうして鉄だけが知っている記憶の中で、ガラスと食い込み合った赤錆まるけの船は、その後回転がぴたりと止まった。そのことをここで、鉄の船はガラスの海と蜜月の時期に入ったと表現するのはここにある言葉ではなく、この鉄の記憶の中の、液相の鉄と液相のガラスが、冷たくその本来の素材のままで見つめ合いながらする蜜月の姿にこそある。

水母的交差点

八月の日曜日の午後十二時二十二分、少し激しい雨の中のスクランブル交差点の四箇所の信号がいっせいに青になる。視点の主体は交差点に面したビルの四階の喫茶店の窓辺にあって、スクランブル交差点を斜め上方から見下ろしている。傘がいっせいに動き出す。

斜めに渡る傘の流れは向こうから来る流れとこちらから来る流れが自然に左右に別れて中央での混乱もなく流れていく。それでも透明傘と透明傘がぶつかって、一方が脇に移って道を譲る。譲った先で赤い傘とまたぶつかる。そしてまた透明傘が道を譲る。するとその透明傘の進行を阻む流れが押し寄せてくる。透明傘はさらにその流れの外に押し出されて、流れのない場所を自分の方向に進む。頼りないぎざぎざの傘の進行の軌跡が、四階のビルの喫茶店の窓から見下ろしている視覚の奥に残る。はぐれてしまったジェリーフィッシュの寂しい軌跡だ。しかし実際には、はぐれてしまってはいない。その傘は渡りたかった側にちゃんとたどり着いている。

するとすぐに黄色い傘がはぐれている。視線はその黄色い傘を追う。黄色い傘は逆の流れの中で停まってしまった。スクランブル交差点の中心点を黄色にポイント指示している停止した黄色い傘。斜め方向の信号の青が点滅を始める。斜めの両方向の流れがおとなしくなる。中央のポイントマークだった黄色い傘が動き始める。赤い傘がその黄色い傘を追い越して先に向こうに着く。そして向こうで黄色い傘を待っている。雨はどの傘にも平等に少し激しい。ちょこちょこと動く傘。ぎざぎざと動く傘。停まっては動く傘。全ての傘に雨は平等に少し激しい。スクランブル交差点は、斜め方向の信号が赤になる。縦方向だけの流れが続く。中央から傘がいなくなり、白線の横縞模様がビルの四階の喫茶店の窓辺の視覚の中央に大きく広がる。

やがて縦方向の信号の青も点滅を始める。色とりどりの傘の列が速度を速める。皆バラバラの速度だから、色とりどりの傘の色が先になったり後になったりで少し混乱する。その一つ一つをビルの四階の窓辺の視線は追って、信号機のそばに塊になって黒、青、赤、黄色、透明がひしめくのを目の底に溜める。そして目を瞑り闇の底に消えていく、赤、青、黒、気づかなかったえび茶の模様を、四階の喫茶店の窓辺に座ってじっと見ている。目の底に雨が降り続け、白いスクランブル交差点に傘の色がにじみ、赤、青、黄色、気づかなかったえび茶、そしてそれら全てに透明の水が重なって、一気に堰を越えようと再び押し寄せてくる。

玻璃鳥射精

それは会社の製品展示会のはずだった。そこに大学の学園祭の練り歩きの一団がいきなり入ってきた。説明員の僕たちはもちろんスーツ姿だった。展示会は本社ビルの一部を開放していて、いくつかのフロアーが会場になっていた。その学園祭の練り歩きの一団は、上の階からいきなり騒々しく現れた。一団は全員が女の子たちで、説明員の僕たちは全員が入社間もない男性ばかりだった。

その一団を先導する女の子は顔を引きつらせて大声を上げていた。派手で信用は全くできない空疎な言葉を吐き散らしていた。その子は羽織袴の演歌歌手のような姿をしていた。僕たちのフロアーにその一団が上のフロアーから降りてきたとたん、僕たちの罵声はいっせいに始まった。僕は叫びながら頭の隅で、上の階が全く静かなのは一体どうなっているのだろうと考えていた。

僕たちが反射的にその一団に罵声を浴びせたのは会社の展示会の邪魔になるからではなかった。状況はまさにそうだったが、僕たちの中で罵声を噴き出させる場所はもっと深いところにあった。一団を先導する女の子は、僕たちのもっとも根源的で存在論的なところに非常な不快感を与えていたからだった。その子は決して醜い女の子ではなかった。もっとセンスの良い服を選び、顔を引きつらせて空疎な言葉を大声で叫ばなければ、十分魅力的な女の子だった。それに従えている女の子たち全員が、ひな鳥のように痩せぎすな体だったのに比べ、ただ一人まともな体の女の子だったのだ。しかし、その子には心の底から怒りへと爆発する不快さがあった。それは人間性の欠片もない悪の根源と言っていいような何かだった。

僕たちのいっせいの罵声で、その子の空疎な言葉の大声も聞き取りにくくなり気勢がそがれた。それでもうつむいたのはわずかの間で、女の子はすぐに顔を上げ力を取り戻していた。その子が無言のまま片手を上げて合図をした。するとひな鳥のように貧弱な体の女の子たち全員が裸になった。僕たちの罵声はやんだ。全裸になった女の子たちは僕たちの方に向かってきた。そのフロアーにいる全員の説明員に一人の女の子があてがわれたかたちになった。僕の前にやってきた女の子も貧弱さの典型のような体だった。僕は、その時すでに僕のイメージの中でできあがっていたそのままに、その場に仰向きになって、そのひな鳥のような体つきの女の子に僕のペニスを任せた。それは水が低いところに向かって流れるのと同じくらい自然なことだった。

僕はそうされながら、頭を浮かして仲間の様子を見た。仲間も一列になって遠くに霞むほどの距離まで音も立てずスーツ姿のままセックスを始めていた。僕はその列の長さに驚いた。とうていこのフロアーだけの説明員の数ではなかった。ただ、右を向いても左を向いても仰向いているのは僕一人だけだった。僕にはすでに射精へと向かう快楽が始まっていた。そうなることも僕にはごく自然なことだった。ひな鳥のような体つきの女の子のフェラチオは続いていた。その時詩の朗読が始まった。例の羽織袴の女の子だった。

永遠

あなたは裸に河の青を塗って私の前に立った
そして言った
「さあ、海、私を取って」と
私は裸に海の青を塗ってあなたを出迎えた
そして言った
「河、あなたを私は取ろう」と
私の青とあなたの青は重なってすぐに渦になった
そして私たちは言った
「水平線に着くまでこのままでいよう」と

私たちは渦に白い泡を立てて速度を速めた
あなたは私の上になって言った
「ああ、水平線が逃げていく」と

私たちは渦に黒い船を乗せて進んだ
私はあなたの上になって叫んだ
「ああ、水平線が逃げていく！」と

ある日私たちは水平線から赤が出始めているのを見た
あなたは叫んだ
「見て、太陽が生まれる！」と
私はあなたに言った
「あれはあなたに死の時がきたのだ」と

あなたは私に言った
「………」

僕は射精の寸前で体を起こすと、フェラチオをしている女の子を両手ではねのけ、詩を朗読している女の子に向かって飛びかかっていった。その子に触れる直前、僕はガラスの精子を空中で放散した。そしてなおもキラキラと射精を続けながらその子に覆い被さっていった。

廃墟人物触診

アーチの巨大な建物の中に、これも結構大きな尖塔のある建物が入っていた。尖塔の先からアーチの天井まではまだずいぶんと距離があったが、中の建物にも人は十分に出入りができた。僕はその尖塔のある建物の脇を通って、アーチの建物のずっと奥に入って何か用事を済ませ、ちょうどそこから出てきたところだった。しかし中でしたことの記憶は曖昧だった。ここは僕が毎日通っている大学だったか、それともそこは僕の会社だったかも知れなかった。とにかくそこは僕が日常頻繁に行く場所だった。それにもかかわらず場所の同定が僕にはどうしてもできなかった。

そのたった今出てきたばかりのアーチの中の、ずっと奥にある場所に僕はもう一度戻らなければならなくなった。アーチの出口まで来た時、忘れ物をしたことを思い出したからだった。そして戻らなければならないと気づくと同時に、どう戻っていいのか分からなくなっていることにも同時に僕は気づいた。そこには絶対に戻れないだろうという、あきらめの感情さえすでにできていた。

仕方がないので、僕はそのアーチの建物の裏に回ろうと建物の脇に出た。アーチの建物の前の広場が重厚な石畳だったのに対して、そこはむき出しになった土が土手の坂のようになっていて、坂には乾いた土ですり切れた芝生が白い土埃にまみれて生えていた。僕はその坂を登った。以前のとは違う奥行きが長い建物がその白茶けた芝生の登り坂を中に飲み込んでいた。僕はその建物の中に入ろうとしていたが、それが先ほど戻らなければならなくなったアーチの建築の内部と繋がってはいないことは、その建物の奥行きの終端が崩れているのを見て分かった。しかしとにかく戻る方法を誰かに教えてもらうしかない一心で、その廃墟のような建物の中へと坂を登っていった。

するとその廃墟の建物の中から一人のボーイッシュな若い女性が下りてきた。熊田さんだった。熊田さんは、中学の時の同級生だったが、その時は大学生か社会人になりたてくらいの大人になっていた。髪をショートカットにし、にこやかで、ドライな口のきき方はしても温かい心を失わない、あの熊田さんに違いなかった。熊田さんは登ってくる僕に気づいていないみたいだった。僕は熊田さんにあの場所への戻り方を聞こうと近づいていった。

熊田さんは僕に気がついた。するとにこやかなあの表情が昔のままに現れた。僕は熊田さんにその場所への行き方を聞いた。熊田さんは笑顔を絶やさずに僕にその場所への行き方を教えてくれたが、それは教えられるそばから曖昧になって僕に伝わってきた。僕は聞きながら落胆していった。しかし熊田さんは中学以来の例のドライで温かい心でいたから、熊田さんの言うことが分からないと言うとその笑顔を壊しそうで、分からないとはどうしても言えなかった。僕は納得したふりをして、熊田さんと話しながら一緒にその廃墟のような建物の中の坂を下った。

熊田さんは僕のことを非常に懐かしがっていた。今何をしているかとか、あれからはどこの大学に行ったのだとか、そんなことを彼女は僕に聞いたが、その聞き方にも昔と同じ物事に拘泥しないドライでボーイッシュな人なつっこさが溢れていた。僕はドームの建物の内部にあるその場所への行き方は分からなかったが、熊田さんに癒されていた。坂を下りたところで僕たちは別れた。別れ際に熊田さんは、いきなり固い無精髭のはえた僕の顎を親指と人差し指の先でつまんで、ふーんという表情をして、何も言わずに去って行った。

銀魔女銀魔法

僕たちはモールの中でも特に巨大で華やかなモールの、天井まで吹き抜けの中程、五階を歩いていた。上からは白い樹脂を通すことで淡くされた夏の光が、粉のように降り注いでいた。僕の周りには金持ちの老婆たちの一団がいて、僕はスイミングスクールからの帰りのその老婆たちと適当に話しながら歩いていたが、僕の注意は僕たちよりも数メートル先を行く彼女の方に釘付けになっていた。

彼女は僕たち集団の仲間だったが、何か欲しい買い物があるらしく、僕たちよりも先に歩いていた。彼女一人だけが若く、しかもずば抜けて美しかった。行きすぎていくあらゆる女性はもちろん、このデザインの粋を集めた最新鋭の巨大モールの中のどんなものと比べても、彼女の方が遙かに美しかった。僕はその彼女から「犬」と呼ばれ続けてきて、彼女とはそう呼ばれることに無上の歓びを感じてきた関係にあった。僕が、スイミングスクールからの帰りの着飾った老婆たちとどういう関係にあるのかということは、前を歩く彼女との関係に比べればどうでもいいことだった。僕が老婆たちにどんな屈辱的な関係を強いられていようと、「犬」と呼ばれる時の一人彼女との関係の絆に比べれば、それはまさに犬の糞だった。

天井から微粉のように降り注ぐ淡くされた夏の光の中で、彼女はその光で織ったような白い襞の多いゆったりとしたフレアスカートのドレスを着ていた。昔僕が運んだ、クジラの骨のスカートの枠や同じくクジラの骨のコルセットはもう最近は彼女は着けてはいなかったが、そんなものを着けなくても、それに匹敵するスカートのヴォリュームと腰のくびれが、彼女の後ろ姿を追う僕の目に鮮やかで心地よかった。

その時、前方の店の前が銀色の塊をキラキラと光らせているところにさしかかった。店の前に何か小さな展示台のようなものが置かれ、その全体に銀色のコインを無数にぶら下げたように、全体が銀色に浮き出た上に、各部が夏の朝の海が光を絶えず異なった方向に反射する時のようにきらめいていた。彼女はそこに吸い寄せられていった。彼女の美しさは極致に達しようとしていた。

僕はもう着飾った老婆たちに神経のわずかな部分でも使うことに我慢がならなくなっていた。で、僕は老婆たち全員を一瞬のうちに消した。実在しているものたちを一瞬にして消す方法は、彼女に「犬」と呼ばれ続けているうちに、見よう見まねで彼女から習得していた。そして気がついたときには、それだけではなく、僕は彼女から剝いだ白い皮を肩に担いで歩いていた。

犬と呼ばれ続けていた僕が、これも彼女から見よう見まねで習得した技だった。それを前方の銀色の塊に吸い寄せられていく彼女に、僕は知らないうち使っていたのだ。彼女は白い皮だけになっても、その美しさは全く変わらなかったし、ちゃんと話もできた。大きな瞳もちゃんと僕をキラキラと見つめることができた。体も言葉も、僕にしか通じない姿に彼女はなった。

こうして僕は彼女の白い皮を肩に担ぎながら、淡い夏の光の靄に包まれた誰もいない巨大モールの吹き抜けの通りを、先に進んだ。全ての群衆も、僕は例の技で消していた。この状態で彼女に掛ける僕の言葉は、彼女と僕だけのものであって、これ以上誰にも話す必要はない。

泥酔小便小僧

何枚もの画像の厚い束が手元にあった。一九三〇年代に芸能界で活躍した茶々ミユキのものであったり、重厚な白大理石の、それさえあまりの年代の古さに斑の染みを作ってしまったヨーロッパの小便小僧であったりの、そんな画像が含まれた束だった。

僕はその束がスライドショーされることは知っていたが、その順番を僕が決めねばならなかった。決めねばならないことは分かっていたが、どう決めればいいのか、いや、そもそも決めることが何をどうすればそうなるのかが全く僕には分からなかった。

僕は一体どこにいるのかそれさえ分からなかった。分かっているのは画像の束を持って、スライドショーの順番を決めようと、そこの所で僕の全ては止まってしまっている、そのことだけだった。僕は意欲に溢れていた。スライドショーのためにこの画像の束を順番に並べようという意欲に溢れていた。僕はそういう状況にいた。しかしそこから先が、存在論的なところまで含めて全く不明だった。

ここでこの存在論的な自分自身への断絶は次の僕への橋渡しに手品のように使われた。

僕は病院のおそらく内科で検査を受けていた。若い医者は親身になって、僕の検査につきあってくれた。そして何かの結論が出そうだった。若い医者はしばらく一階の待合室で待っているように僕に言った。

一階の待合室はフロアー全体が待合室で、まるでインドのターミナル駅の巨大待合室のように人々でごった返していた。そこでしばらく待っていると、いきなり例の若い医者が小さい扉を勢いよく開けて出てきた。そしてひどく慌てた様子で、群衆に紛れてどこかに消えた。僕は自分の病気の結果を早く知りたかった。

僕は目の中からコンタクトレンズのようなものを外すと（それはコンタクトレンズではなかった）、僕が立っていた窓際のカウンターテーブルの上に置いた。これが病気の器官の疑いがもたれていた場所だったのかどうか分からなかったが、僕はその時はその可能性は強いと思っていた。僕の病気はそれよりもずっと重い病気に繫がるものだった。外したコンタクトレンズようなものからその重い病気に繫がる恐怖だけがその時の僕にはあった。例の若い医者は、僕のために慌てて群衆の中に紛れ込んでいったのではなく、何か別の理由で慌てていたようだった。僕は自分が人いきれで溢れる待合室に捨てられたのだと思った。

ここにまた自身への存在論的断絶が横たわっていた。僕は先ほど手品のようにして作った橋を見つけてもとの場所に戻った。

スライドショーをする画像の中にある、重厚で彫りの深い顔の白大理石の小便小僧が、僕の意識に重くのしかかってきた。その重さから考えると、スライドショーにはならなくても、この小便小僧の画像だけで遊べるかも知れないと僕は思った。僕はその重みを、暗くて快楽的な十九世紀末のヨーロッパの歴史に変えるつもりになっていた。するとスライドショーのことが少しだけ分かりかけてきた。

目の前に再び僕自身の存在論的断絶が現れた。僕は下半身裸になって、縮こまったペニスに両手をあてがい、鼻歌交じりに船縁から小便を放ちながら、一人大河を下った。

愛連座判決

僕は敵前逃亡の罪で判決を受けた。僕は逃亡はしなかったが、そしてそれは半ば認められたが、実際に逃亡した他の数人と同じ罪の判決を受けた。それは地下の独房に閉じ込められ、ある日突然死刑になる判決だった。僕は自分の無実を証明できる自信があった。もう一度裁判をやり直せば、自分の力だけで無実にしてみせる自信があった。しかし、なぜか僕はそれをするのが面倒だった。これまでもしてきたあれこれをまた初めからするのがうんざりだったのだ。死の恐怖はもちろんあったが、その恐怖よりもうんざりの方が大きかった。

裁判が終わり、僕たちは地下の牢獄のある場所に護送されるために、専用バスに乗り込んだ。朝のすがすがしい空気の中で、護送用のではない普通の小型のバスが、僕たちの前に停まった。僕たちは何気ない、普段着姿でそのバスに乗り込んだ。バスには僕たち数人が乗っただけだったから、席のほとんどは空席だった。

僕のしていることを批判する人たちがいた。僕の中にいた死んだ父や母だった。しかし父や母たちの言葉は批判してはいたが優しかった。流されていくままにしている僕の心をせき止める力はその優しい言葉にはなかった。僕は離れた席に座って外の風景を見ながら、父と母の優しい批判の言葉をじっと黙って聞いた。

バスが地下の独房のある場所に着いた。僕たちはバスを降り、一人ずつ、距離を開けて、地面に四角い口を開けた一人しか降りられない小さな、しかし、しっかりとした石の階段を降りていった。僕の中で、父と母の優しい批判がまだ続いていた。恐怖はもうなかったが、悲しみはあった。

隠遁女王様

彼女は腰を折って何かに顔を近づけていた。花壇の端にあるのだろう比較的背の高い花に顔を近づけている姿勢だったのかも知れないが、僕に見えたのは腰を曲げた彼女だけだった。花も彼女が立っている地面も、もし彼女が目当てのその人であるなら見えるはずの、屋敷の広い庭にある、夏には優しい日陰を作る木々も何も見えなかった。しかし僕は彼女が見えるだけで満足だった。彼女は一九世紀に生きたアメリカの詩人かも知れなかったからだ。生きている彼女が見られるのなら、どんな手段でもいいから見たいと思っていたからだ。

目は大きかったが、頬はこけ、顔色は病人のように黒かった。くるぶしまであるロングスカートのドレスを着たその姿は、腰を伸ばさなくてもすでにすらりとしていた。庭ならばあるはずの花は見えなかったし、立っているからあるはずの芝生の地面も見えなかった。しかし、何がどうであれ、そのすらりとした彼女の姿勢の中でも腰を曲げて何かに顔を近づけている姿勢こそが、生きている彼女を初めて見る僕には最も相応しかった。その姿に、花に顔を近づけて自分を色めかしているところは全くなかったし、また同時に、植物を観察している顔つきでもなかった。愛も観察も彼女にはなかった。

隠遁女王様

もし僕が見た彼女が、あの会いたいと思っていた一九世紀の女性詩人だったとすれば、彼女はデイジーが好きだった。会話にうまく入れないことに対する過敏な反作用で、彼女はある時から人とほとんど会わなくなった。兄夫婦に屋敷に会いに来た、彼女をすなわち彼女の言葉を理解してくれそうで好きな男性にさえ、言葉の代わりに庭のデイジーを一本黙ってさしだして、そのまま二階の自分の部屋に引っ込んでしまう、そんな女性だった。彼女はその時三十歳だった。しばらくして一階からは「隠遁の女王様によろしく！」と帰り際に兄夫婦に大声で言うその男の声が、彼女には聞こえた。そして僕にも同時に聞こえた。

彼女の詩は簞笥の中にしまわれ、世間の人は知らなかったが、彼女は、自分が死んでから世間は自分の詩に追いつくかも知れないし、追いつくことができないかも知れないという詩を書く詩人だった。そして実際世間は百年経って彼女の詩を認めることができた。彼女と僕が好きなものは、黄昏、駒鳥、デイジー、そしておそらく死。

こうして僕は二百年近く前にアメリカの東部の裕福な家庭に生まれた、その女性詩人らしい姿を見た。こちらの秩序を壊してでも会いたいと思っていた彼女だった。声をかけ、笑顔を浮かべさせるように話をしてみたいと思っていた彼女だった。そして今はまだ、やっと、一瞬だけ、目を瞑ったその場所に、何かに顔を近づけるため腰を折った彼女の姿が見えるようになった僕だ。記憶の底の朽ち葉色した廊下を通って、はるばる彼女はやってきたのだ。そして何かに顔を近づけた姿だけ見せると、再び朽ち葉色した廊下を通って僕の瞼の裏から向こうに帰っていった。

棺中華燭一灯

僕たちは修学旅行で海外に行き、そこで戦争に巻き込まれ、みんなバラバラになって逃げ惑い、僕を含めた半分ほどが何とか無事に帰国できた。帰国してみると、まだ生死もはっきりしないのに、帰国しなかったクラスメートの葬儀の準備が学校主催で準備されていた。飛行機を降りると、葬儀の会場に行くバスが僕たちを待ち構えていた。

僕はそのバスに乗るのがいやだった。集団で行う身動き一つできない葬儀の中に、無理矢理押し込まれてしまうのが僕はいやだった。葬儀だからというのではなく、集団に縛られてしまうのが僕は嫌いだったからだ。気のあった人と一対一で飲むのは好きだったが、大勢で行う飲み会には絶対に参加しなかった。集団で行く修学旅行や、学校などは、妥協できるぎりぎりのところだった。こういった集団行動であれば、自由はある程度あったからだ。こんなわけで僕は葬儀会場に行くバスには乗らなかった。

バスが去って行くと、僕以外に数人が飛行場の広場に残っていた。そしてバスが去るのと入れ替わるように、遠い外国からクラスメートの遺骸がその広場に届いた。遺骸は棺ではなく、板を貼り合わせて作った普通の棺の倍くらいの幅のある箱に入れて二つ届いた。釘で打ち付けた上板が早速外された。広場に残っていた数人がその木箱の周りに集まった。僕もその中にいた。

一つの木箱の中には四体の遺体が入っていた。僕はあまりよく見なかったからはっきりしないが、下半身はどれもないようだった。最初に入れたときからそうだったのか、運んでくる間にそうなったのか分からないが、遺骸は全て横向きになっていた。四体のうち二体は顔ははっきりと見えた。苦悶の表情はなく目をつぶっていた。残りの二体は、顔がハトロン紙で完全に包まれていた。僕はそこにはきっと苦悶の表情があるのだろうと思った。だから隠しているのだと。僕はそれを見たくなかった。

「やっぱり、見なければ」

僕の横にいた男子生徒が決心したようにそう言って、ハトロン紙をいきなり破いた。僕が視線を外すよりもハトロン紙を破く方が早かったから、僕の目の底には、絵筆にあらゆる赤系統の色をたっぷりと含ませて振りかけたような美しい顔が残っていた。それは女の子だったように思えた。赤系統の色は血ではなく、現地で施された死化粧らしかった。そうだとすると、ハトロン紙で顔が包まれているのは皆女の子かも知れなかった。しかし、僕は視線を戻すことはしなかった。いや、できなかった。

僕は体ごともう一つの木箱の方に移動した。そちらも上板が外されていたが、ハトロン紙のある遺骸は、そのままハトロン紙を被っていた。僕は安心して、目をつぶった方の死体をさっきよりは気を落ち着かせて見ていった。死体はやはり下半身がなく上半身だけだった。そしてこちらの方も、なぜか全部が横向きになっていた。やはり顔を見せているのは男の方だった。そう思いつつ目を移動させていったとき、そうではない死体があることを目の底に感じた。で、視線を戻してよく見ると、その死体はかすかに薄目を開けて、向かい合わせのハトロン紙の方を見ていた。

宇宙胎児

あまりにも遠いところにあるものは、そのものの過去の姿しか我々は見ることができない。それは星の世界に視線を向けさえすれば、我々はいきなりその現実に直面する。そこにあるのは光年という単位で端的に示される全て過去の世界だ。

それと同様に目の前に恋人がいてもその恋人の一瞬前の姿しか我々は目で捕らえることはできない。恋人の今は、目ではなく、手で触れることができるように思えても、恋人の今に触れることは我々にはできない。触覚が脳に到達したときには、その恋人はすでにいない。我々は知覚の世界に生きているから、恋人と共に過ごす蜜月の時は今ここだと、感激の満ち潮に頭まで浸かり時そのものを忘れるだけだ。

知覚の分解能に横たわる、数学でしか表せない今の恋人。その今の恋人を考えれば、我々は今の恋人から絶対的に離れていて、蜜月の至福は、何かが、何かを、何かの目的のために、我々を信じさせるために作り上げたトリックに思えてくる。それは果てしない子孫という命の信仰だろうか？

我々に死があるから、世界は空しいのではない。すでに生きていて、目の前に見えていて、触れることさえできる世界がこうしてすでにトリッキーなのだ。彼女はそれを言いたいがために、そのことを我々に知らせるために、いや、自身がその恐怖に取り憑かれ、何とかそれを振り払うとするために、作品を構成する小さな要素の繰り返しで、知覚の分解能の限界である一瞬の間隙を埋め尽くしてしまおうとする。そして一見無意味と思える莫大なエネルギーを一つの作品制作のために注ぐ。繰り返しの数と必然的に増えていく量が作品の表現の力なのだ。なんという単純な方法だろう。

しかし複雑な物事は、知覚の曖昧さの上に全て成り立つ。生殖から、細胞分裂、そして遺伝子の設計図に従った造形とそこに灯る知の明かり。そしてその知の明かりが、このように我々の知覚の分解能から来る今さえ数学的にしか存在しないことをそっと耳元で教えてくれる。

我々は今の基盤の上に成り立っているのではない。我々は常にどれほど近くにあるものでも、徹底して過去の基盤の上に成り立っている。我々は過去の幻影と接しているのだ。そしてこのことを正確に自分の生に反映させることは、我々にはできない。知は周囲が幻影である事実を教えるだけで、教えた後でその解決はお前たちには無理だとニヤリとしながら囁くのだ。彼女が、見る者に知覚され得ない緻密さで、知覚可能の限界の場所を超えて作品の中に小さな要素を繰り返していく理由は、この我々の世界の理解の不可能性が基盤にあるからだ。制作の全エネルギーは、この不可能性から燃え上がり、不可能性のままに上昇する螺旋のうねりとなって立ちのぼっていく。

我々は彼女はどんな知性を持っているのか知りたい。それは我々には今まで持ち得なかった知性かも知れない。我々は新しくなる権利がある。それは我々の命の継続のための細胞分裂と同じ、新しい知の胎児として増殖し形となる権利だ。もし我々が神の設計図に乗っているならば、我々は新しさへと向かう権利がある。知とはこの権利のどこまでも続く透明度のことだ。

顔は少しうつむいていた。目は見開いてはいたが、何かを見ているのではなかった。そんな状態の彼女に掛ける言葉を男はもう何も持っていなかった。男は今まで彼女にあらゆる言葉をかけた。産まれて一度も流したことのない男の涙がにじんだ言葉から、できるだけ深く彼女の心を抉るナイフの切っ先むき出しの言葉、そして彼女が最も好むはずの奴隷の言葉と、男が出すことができるあらゆる言葉を男は彼女に掛け続けたが、彼女の瞳に意欲の光が宿るのを見ることはついにできなかった。彼女の知覚は全て彼女の内側を向いていたからだった。

彼女の肉体の外には、彼女が引き起こした非人間的な行為の遺物がまとわりついていた。彼女はそのまとわりつく小さな者を愛していたが、それを自分自身として愛していた。それは母親の子供への愛の究極の姿として周りには受け取られたが、それは全く逆だった。彼女は子供を初めから自分自身として愛していたのだ。周りは彼女と子供が肉体が別であるから、子供は愛の究極の姿として彼女自身であるかも知れないと思うことを、彼女は初めから予想していた。子供が動くとき、彼女の内部は動かなかった。子供が動かないとき、始めて彼女の内部は動いた。二人のシーソーのような行為を繋ぐものは、愛という名で偽った彼女の内部に向かう知覚と彼女が感じる子供の外部に向かう知覚だった。つまり彼女は子供の知覚の中に入り、子供を通して、外の世界を見ていた。

彼女は神に精神を奪われていた。肉体が必要でない神は、彼女の肉体を生ゴミとして扱った。彼女の中にいる神は肉体をできるだけ全身生のままで捨て、その全身を群がる蛆に食べさせたかった。彼女の内部にいる者は多かったが、神のそんな計画を阻止できる者は一人もいなかった。だから神を殺す者は外に期待するしかなかった。

彼女の中に神がいることを知っている者は、この世に一人しかいなかった。その男だった。問題は、その男が神の暗殺者になれるかどうかだった。人間をベースにしたどんな言葉も行為も、彼女には通用しないことは、これまで男がした行為も言葉も全く役に立たなかったことで証明済みだった。もう残された方法は一つしかなかった。男が非人間的、つまり神になる以外には方法はなかった。それはつまり、男が彼女と同じ状態になることだった。そして問題はその状態になってから、神を殺す意欲をその男が目的を達成するまで持ち続けることができるかどうかだった。それは今まだ人間である男には全く予想が付かなかった。

汎神論的青海波

僕は彼女と気球で世界一周をしようとしていた。僕には気球を操ることも、いやそれどころか、気球になど一度も乗ったことがなかったから計画さえ立てることができなかった。全て彼女に任せっきりだった。そしてある日準備が整い、僕たちは出発した。

出発してからその時までの気球旅行は記憶に残らないほど順調だった。そして気球旅行の記憶は、気球があるところで浮力を失い、予定はないのに地上に降りてしまったところから始まる。僕たちはアメリカ大陸にいることは分かっていた。しかしその場所がアメリカ大陸の一体どこなのか分からなかった。とにかくそれを確かめようと、気球を乗り捨てて歩いているうちに、大きなコンクリートの橋のあるところで小学生の一団と出会った。学校の帰りらしかった。僕はそのうちの一人に、アメリカ大陸の地図を開いてここはどこなのかと尋ねた。英語がすなおに出てこず苦しんだが、どうにか意志を伝えることができた。男の子は地図の一点を指さした。そこはカナダとの国境だった。

僕たちは気球のことはなぜかあまり気にしなかった。とにかく泊まる場所を探した。そして海岸にある木造のサマーハウスのようなところに泊まることに決めた。広い間口のガラス張りの玄関がすぐ前の海に向かって開いていた。正面玄関は巨大なガラス張りだったが、それ以外はダークオークの板を張り合わせてゴージャスにできていた。フロントでガラス張りの玄関に向って立つと、押し寄せてくる大波が、ちょうど波打ち際にいるヤドカリの目線で見るように眺められた。次々に押し寄せてくる大波は、コバルトブルーのてっぺんに、泡立つ白をいただいた南太平洋の大波だった。カナダにこんな汎神論を歌い上げるような空と海があるとは思えなかった。それに小学生の男の子が指さした地図の一点は内陸部だった。状況は全くおかしかったが、僕たちは事態を素直に受け入れた。

すると、気球の世界一周旅行も、この記憶の中心人物であった彼女も、カナダとの国境にある僕たちが降りた小さな田舎町も、記憶から消えてしまい、残ったのは、ヤドカリの目線ですばらしく美しいコバルトブルーの大波が、僕たちのいるホテルを飲み込もうとする記憶だけになった。そしてこの記憶自身も、もうすぐきれいさっぱりとなくなるのだと、僕は豆粒のように小さくなっていく自分を見ながら、押し寄せてくる大波を広い玄関に立って眺めていた。

伊太利式午睡法

僕はイタリアの田舎を数人のイタリア人の仲間とオープンカーで旅をしていた。僕はイタリア語は話せなかったが、それでも結構、仲間とワイワイガヤガヤと楽しい旅行だった。すでに何日かが過ぎていた。長い時間田舎を走り、手頃な小都市に着くとそこで休むか泊まるということを繰り返す旅だった。オープンカーは赤と緑のツートンカラーだった。前部が赤、後部が緑だった。僕はイタリアは不案内だったから、運転はせず、後部座席で仲間とワイワイキャーキャーとふざけ合っていた。

いつものように適度な小都市に着き、ちょうどお昼時だったから、カフェテラスのようなレストランに入った。レストランは地上にもあったが僕たちは地下の方に入った。真昼の明るい外から薄暗い階段を下りると、灯りのともった地下の結構広いレストランは客でごった返していた。僕たちは運良く長いテーブルを一番奥のスペースに確保できた。

めいめい好きなものを取るスタイルだったから、僕は一人で適当なものを取り、メインは注文した。メインはカウンター越しの調理場ですぐに作ってくれるようになっていた。僕はイタリア語が話せなかったが、料理人がいちいち材料を見せてくれたから、どうにかメインの注文をすることができた。そんなことがあったから、待っている間に、注文した料理の食後の胃への感触ができあがってしまっていた。オリーブオイルや豚肉や、トマトが合わさった適度に脂っこい重みのある感触だけではなく、素材の磨き上げたような色彩も胃は感じてくれていたが、僕は一体どんな料理を注文したのか分からなかった。

料理人は僕がイタリア語を理解できないことが分かったからか、できた料理を大皿に盛った後、調理室から出てきて、僕にしきりに何かを説明し始めた。声を大きくしてゆっくりと彼は話すのだが、もちろんいくら大きくゆっくりと話してくれても、僕には一言も分からなかった。彼は片手に作ったばかりの料理の大皿を、もう一方の手に両端が尖った中くらいの白い皿を三つばかり重ねて、しきりに僕に話しかけながら、大皿を僕の手に、尖った中くらいの皿を重ねたものを、すぐそばでイタリア人の家族の一団が食事をしていたぎっしりと料理の並んだテーブルに置いて、まだしきりに僕になにかを話しかけながら去って行った。

彼の言うことは最後まで一言も分からなかったが、大皿の料理を食べるときには、なぜかその尖った白い皿を是非使わなければならないようだった。僕は尖った皿は、大皿を先に向こうに置いてからここに取りに来た方が、この混雑具合を考えると良さそうだと思い、料理の載った大皿だけを持って、一番奥の僕たちのテーブルに向かった。仲間はまだ一人も戻っていなかった。僕は自分の場所に大皿を置くと、イタリア人の家族の一団がいるさっきのテーブルに戻ったが、いくつか重ねられたあの中くらいの尖った皿は、ぎっしりと料理の並んだどこにも見当たらなかった。どうしようかと少し迷ったが、そのテーブルの人に聞くこともできず、おそらくウエイターが間違って持って行ってしまったのだろうと思って、そのまま僕たちのテーブルに向かった。仲間は何人かが戻っていて、食事を始めているのが人越しに見えた。しかし仲間のいるテーブルに近づこうとしても、そのテーブルは少しも近くならなかった。

このレストランに着く前、僕たちは走っているオープンカーの中で、ワープ航法を試すことに話が決まった。それで僕たちのオープンカーは、イタリアの青空を突き抜け、星の瞬く闇の中に入った。やがてワープ航法のためにエネルギーを溜めた僕たちのオープンカーは目もくらむ橙色に輝き、淡い星の瞬く闇の中から一瞬のうちに消えた。僕たちがレストランの地下に入ったのは、そんなことがあった後の、正午を少し過ぎたときのことだった。

石工女神

女神は最初地上に尻から落ちてきたために石は粉々に砕けた
どんな地上の石材も彼女の重さを支えることができなかったからだ

女神はそのことを最初の落下の時に学んでいた
次の落下の時はつま先から落ちることにしようと決めた

で、その通り、女神は次に落ちた時にはつま先から地上に落ちてきた
しかしその時も地上の石材は女神のつま先の鋭さに負けて二つに割れてしまった

この女神の失敗をじっと見ていた地上の男がいた
男は女神の落下を受け止めることができる石を切り出そうと決心した

ある時男は女神のつま先の形に石を切ったらどうだろうかと思いついた
で、女神の落ちてくる時のつま先の形に石をいくつも切ってそれを隙間なく並べた

並べた石の形は中央部が盛り上がった曲線になった　男は女神に頼んだ
どうかこの曲線の一番盛り上がったところにつま先から落ちてみてください　と
女神は言われるままに上空からつま先立って曲線の一番盛り上がったところに落ちてきた
すると石が中央部から両側に次々に赤熱して女神の重さを支えた
喜んだ女神は曲線の一番盛り上がったところへのつま先からの落下を何度も繰り返し
喜んだ男もそのたびに石を女神のつま先の形に切り出しては隙間なく並べていった
女神の踊りはこうして最も盛り上がった場所に穴の空いた円蓋の中心で完成し
下の陰った大空間には正午になると女神の子供たちが踊りながら降りてくるようになった

受胎告知直前

佐知子は大型観光バスのステップを下りた瞬間に、道路を挟んだ向こう側の糸杉の周りを飛んでいた虹色の翼の天使がやってきて、佐知子が妊娠したことを告げる場面を想像していた。イタリアに着いた初日、受胎告知の絵を見たことがきっかけになっているらしいことが、こんな空想を生む理由だったことは佐知子には薄々理解できた。告げる方の天使も、告げられる方のマリアも、手の動作は一方の厳粛さと他方の驚きを大げさなほどに表していたが、それとは裏腹に両者の顔は全くの無表情だったことが、その受胎告知の絵が佐知子の心の底深くに沈んでいた理由だった。

佐知子は五十一歳になっていた。妊娠などできる歳ではなかったし、三十四歳で十五歳年上の今の主人と結婚して以来、佐知子が狙った自分たちの関係を保つために、妊娠するたびにこっそりと堕ろしてきたから、子供など少しも欲しいとは思ってはいなかったのに、そんな空想をしたのは孤立した糸杉だけが黒々と目立つイタリアの、見渡す限りなだらかな丘が続く渓谷の過剰な光を見たせいに違いないと佐知子は思った。

「あなたはどうして今のご主人と結婚なさったの？」

昨晩のホテルのレストランで初めてテーブルを同じにしたツアーの仲間の一人からこんな質問を佐知子は受けた。この種の質問は佐知子は今まで何度も受けてきたから、初対面でいきなり尋ねられても別に驚かなかった。

「頭が良さそうだったから」

いつものこの答えで、鼻筋のよく通った、イタリアのどんな風景の中でも顔を東洋風に見せてきた濃い色のサングラスを掛けた佐知子の美しさを、ベストショットの写真のようにそのテーブルの全員の脳裏にくっきりと焼き付けた。佐知子自身は自分の取った反応で、こんなことが起こったとは気がつかなかった。この状況の快楽はよく知っていたが、知りすぎてその快楽の強度に慣れてしまっていた。


佐知子の主人は風采の上がらない老人だった。今は六十五歳でしかも歳以上に老けて見え、どんな余地もなく老人だったが、十六年前、見合いで会ったときも相手はやはり老人に見えた。工学博士の触れ込みで見合いをした相手だった。佐知子は会った初日で、結婚をすればこの男の面倒をまるで母親が幼児に対するように一生しなければならないだろうと思った。そして事実その通りになった。この渓谷に来る前の、観光客でごった返すピサの斜塔で迷子になった主人を、サングラスを曇らせ、気に入って持ってきた薄茶の半袖のブラウスが焦げ茶に変わるほど汗をかいて、添乗員と一緒に走り回らねばならなかった。佐知子は主人であると同時に子供である男と一緒に暮らすことがどういうことになるかは分かっていた。そして十五歳も年の離れた男が、佐知子をどう見るかも分かっていた。それは佐知子の密かに願っていた主人となる男とのあるべき共生の姿だったのだ。つまり佐知子が主人を子供と見なせると同時に、主人の方も佐知子を子供と見なしている、そんな男との共生だった。

十五歳年長の相手は、自分が子供と同じであることを知らなかった。狭い専門分野に対する自信が、そのまま佐知子に対する自信になっている、専門分野以外にもセンスのある世界が存在することを全く知らない主人だった。そしてそんな自信に溢れた幼児性の強い主人は、佐知子が面倒を見なければ学会以外のどんな場所にも行くことができなかった。仮に行くことはできても、それは失敗続きの果てでだった。ピサの斜塔で迷子になる主人は、いつもの主人だったし、やっと群衆の中に見つけた主人はそんなふうに背中にびっしょりと汗をかいている佐知子の後ろから、

「背中が濡れているよ」

と見苦しい有様を他人に見せてはいけないよという口調で佐知子に注意をするのだった。こうして主人との関係のバランスは佐知子が計画した通りに、この十六年間うまく取れていた。

「すごく、きれい」

「写しましょうか？」

「いえ、……」

「……」

「写真、撮りましょうか。ご夫婦並んだところを」

「ありがとうございます」

「……」

「写しましょうか？」

観光バスは車道から外れて、未舗装の農道に強引に頭を突っ込んで停まると、二十人近い車内の東洋人のツアー客を降ろした。かなりマニアックなツアーであったため、そんなふうにバスを停める他の観光バスはもちろん、イタリア人の観光客の車さえあたりにはなく、全方位のうねった地平線となだらかな丘のカーブだけでできた人のいない風景のまっただ中に、突然大型の観光バスが一台だけやってきた、そんな場違いな感じを起こさせるほどのイタリアの美しい渓谷だった。バスが停まった周りは、牧草と葡萄畑や野菜畑が続く以外は真っ黒い羊羹のような糸杉の間に、煉瓦色の農家が数カ所点在するだけのイタリアの理想郷のような中にあって、東洋からの観光客の一団は興奮していた。

佐知子は今は観光バスに隠れて見えなかったが、バスが車道を折れ曲がって農道に頭を突っ込む直前に、糸杉の並木があったのを見ていた。佐知子以外のツアー仲間は、バスが頭を向けたその先の遠景に興奮していた。広めの農道を少し進んだところには、緑一面の丈の低い草の丘の上に、絵筆に染みこませた赤をかすれたままに塗り込んだような花が咲いていたのだ。観光客の視線がそちらに向かないわけはなかった。

しかし佐知子は反対側のそのバスが隠している糸杉のある方に主人の手を引いていった。主人にはどんなイタリアの風景も感動はなかった。今は斜塔がなく、だだっ広い渓谷のまっただ中に自分たちはいる。主人の認識はそうであることは佐知子には分かっていた。だからこんな場合、自分が誘導して糸杉の方に主人を誘うことは簡単だった。あの糸杉のそばで天使が私に妊娠を告げに来るだろう。だって、受胎告知はあの絵でも糸杉の前で行われていたじゃない。佐知子は心の中で自分にそう言いかけつつ、主人の手を引いてバスの後ろの車道側に出た。

「ね、バスを背景にしてあなたの写真を撮りますから、バスの真後ろに立ってください」

車道は静まりかえっていて、どちらの方向にも車の気配は全くなかった。

「もう少し後ろです。その位置だとバスの後ろが全部は入らないんです。もう少し下がって下さい」

これは最悪に殺風景な写真だった。この渓谷の理想郷的な美しさは全くバスの陰に隠れてしまっていた。しかしこの主人には、バスの前に広がる風景の中で写した写真と、バスの後ろ姿で背景が隠された写真との差はなかった。

「ねえ、笑顔になってくださらないと。……。だめです、自然じゃないんです。ちょっと、じゃあ、モーツアルトを聴いてて下さい」

「次は私がお前を撮るよ」

「分かりました。さあ、ヘッドホンをつけてください」

主人はモーツアルトが何よりも好きだった。こんなイタリア旅行よりも好きだった。このツアーを選んだのは、回るイタリアの小都市の数が、単位時間あたり、単位金額あたり、一番多いと主人が言ったからだった。こんな主人が感情で受け入れる唯一のものがドイツ人の演奏家が演奏するモーツアルトだった。そしてピサの斜塔でも添乗員の声の聞ける無線のイヤホンをつけないで、ヘッドホンステレオでモーツアルトを聴いている内に迷子になってしまったのだった。

主人は言われたままに、いや、喜んで、ヘッドホンステレオを耳に装着した。音質にこだわっていたから、こんな旅行にはふさわしくないドイツ製の本格派のヘッドホンだった。耳に装着すれば、渓谷の小鳥のさえずりはもちろん、耳元で怒鳴ってもモーツアルト以外は何も聞こえないだろう。佐知子はカメラを右手で構えながら、左手で右に左にと合図して主人の位置を調節した。


その時だった。バスにエンジンがかかった。まだ出発の時刻にはなってはいなかったが、何かの都合でバスはワンマンの運転手一人を乗せてバックしようとしていた。運転手はツアーの一団全員がバスの前方にいると思っているのだ。佐知子は、カメラを右手に構えたまま、左手の指で

ＯＫのマークを作った。主人は笑顔だった。カメラを構えている佐知子の頭上にすでに糸杉の上から下りつつある天使の羽音があった。バスに向かっていた佐知子は、数秒後には、糸杉の前に下りた天使の方に体を向けるはずだった。あの絵のように無表情のまま、自分の受胎告知を天使から聞くために。

石化桃園赤虎

延々と続く深い桃の森を、慣れ親しんだ優しい女性器の形に土地ごと切り出した、「ピンクの庭」と名付けられた庭の北方には、ぽつんと小さいけれど一つの劇場があった。劇場が周囲から押し寄せる撓んだ桃の木に取り囲まれているとはいえ、それはやはり野外劇場には違いなかったから、噂だけを聞いて一度もその劇場を見たことのない人は、すり鉢型に積まれた古代のくすんだ大理石が中心の一点へと滝のように落ち込んでいるとか、都心の大公園の広場にあって床も壁も丸々と太ってすべすべしたコンクリートでできているとか思いがちだったが、それはツルツルテカテカした巨大な磁器でできていた。しかも形は男性用小便器で、似ているというのではなくそのものずばりの形だった。それでも演技はちゃんと中央に小さい穴のある落とし口の周辺で十分にすることができた。時にはその落とし口を広場の噴水に見立てたりして。

その男性用小便器型の舞台には一匹のピンクの獣が女の子の姿になって登場し、固く秘された夢を大胆に、見ようによっては非常に猥褻に演じた。劇は、本当は夢を我々の世界で実現していく度重なる闘いと最後にやってくるはずの凱旋を前触れするものだったが、その目的はあまりにも非人間的だったから劇の中に深く秘されていて、「ピンクの庭」の外からやってきた我々は皆、劇は現実とは全く関係を持たない古代神話めいたものとしてそれを見た。ピンクの獣は、本当の意味を細心の注意で秘しながらも、わざわざ劇の中に忍ばせ、普段は絶対に入れない「ピンクの庭」に、その数日だけ外の人間たちを入れて劇を見させた。こうして締めくくりとして凱旋の最後の劇が演じられて、四年に及んだ一連の劇は終わった。女の子は劇が深く秘していたとおりの夢を「ピンクの庭」の外のこちらの世界で実現し、無残に肉をえぐられた体も露わの自分の凱旋を、迎える者もなくたった一人でした。そして今、「ピンクの庭」にはその獣の気配も女の子の気配もなく、男性用小便器の劇場はまるで始めから女の子も獣も存在しなかったかのように静まり返っている。

そのピンクの獣は「ピンクの庭」の主で、その獣以上に力のあるものはいないと思われていた。それは一連の劇が始まる前までは事実だった。「ピンクの庭」は極北ではあったが人間性のエリアにあったから、たとえピンクの獣が如何に性質が残虐であっても、「ピンクの庭」の外のさらに北にある非人間的世界には行けなかったし、また反対に「ピンクの庭」の南の門から外に出て、人間の社会に交わって生きることも、ピンクの獣にはできなかった。だから「ピンクの庭」が、その獣にとって一番幸せな場所だったことは確かなことだった。それなのに一連の劇が終わった後、「ピンクの庭」からその獣の気配が消えた。いなくなったのだ。どこに行ったのか僕には全く分からない。その行き場所を想像することすら僕にはできない。おぞましいものが計画した現実のシナリオと、その中で、ピンクの獣がまるで賢い芸をこなす犬のように利用されていたことを、僕は劇が完結した後で知った。固く秘されていた本当のシナリオは、僕が個々の劇を一連の繋がった一つの現実として見直すことができたとき、突然天啓のように僕の頭の中に落ちてきたのだった。

ピンクの獣はこうして利用し尽くされた後、おぞましいものにどうされたのか、僕には分からない。もしまだ生きているとすれば、ピンクの獣が「ピンクの庭」以外に一体どんな場所に住むことができるのか、僕には想像は不可能だ。ピンクの獣とおぞましいものとのやりとりは舞台の上ではなく、舞台の下で行われたに違いないが、我々観客には舞台の下の出来事は分からない。舞台の下では、おぞましいものが、ピンクの獣を子犬のように叱りつけたり、役目が終わってその気になれば、利用し尽くした下書きを破る作家のように、獣を八つ裂きにすることだって躊躇はしなかっただろう。こうして僕の想像はピンクの獣の居場所ではなく、ピンクの獣の残酷な死に方をした無残な姿に行き着く。「ピンクの庭」の花咲く桃の木の下で、八つ裂きにされて転がっているピンクの獣の無残な死体に行き着く。

ピンクの獣は、古来、龍や虎と言った最強の獣になぞらえてこられたほどの存在だった。それにもかかわらず、おぞましいものには子犬のようになった。

おぞましいものは人間性の極北にある「ピンクの庭」の外のさらに北、非人間性の世界からある日突然「ピンクの庭」に入ってきた。ピンクの獣は、そのおぞましいものと視線を合わせただけで、戦っても自分のかなう相手ではないことを悟った。その判断は本能的だったが正しいものだった。少なくとも悲しみの感情を持ち、そして悲しみの表情を顔に表すことができるピンクの獣が、あらゆる感情を持たないあのおぞましいものにどうして勝てるだろう。どちらにも肉体はなかったから、勝負はスピリチュアルなものになるのだから余計だった。以後、「ピンクの庭」はそのおぞましいものの世界に組み入れられた。それからこちらの世界での本当のシナリオを秘しつつ、あの一連の劇が始まったのだ。

最も初期の舞台の上で、女の子の血は大量に流れた。そしてこちらの僕たちの世界でも、女の子の血は大量に流れた。流れた血はどんな種類の血か？　女の子の夢とは、いや、おぞましいものの本当のシナリオとは何か？　僕はそのことをここで語ることはしない。当時の舞台の熱狂は今でも僕の中で沸き立っているし、僕たちの世界で行われたおぞましいものの本当のシナリオを語っても、それは狂気にしかならず、僕には、こちらの世界で体を大きくえぐられた女の子が凱旋で締めくくった、闘いの本当の意味を知り尽くすことはできないように思うからだ。

僕は今たった一人で南の門から「ピンクの庭」に入って、繁茂した撓んだ桃の木が邪魔をして、今ではもうそこしか通れなくなった「ピンクの庭」の壁の内周に沿って南から北へと上っている。白い漆喰壁の上の黒い瓦屋根は、鱗を逆立てた龍の背のようにうねって、僕をあの野外劇場のある「ピンクの庭」の最北端へと導いてくれている。僕は走りながらこの漆喰塀は、おぞましいものに石化させられたピンクの獣だということがしだいに分かり始めていた。そうでなければ漆喰塀の僕を導くこのやさしさが説明がつかなかった。僕はいつしか両手を地面について走っていた。僕は虎になるべくしてなったのだ。

「ピンクの庭」には、僕が彼女の演技を見るためにここに初めて入ったときから桃の花が咲き乱れていた。それは散るはずのない桃の花だった。それはすでに花だけでなく桃の木は全てすでに石化していたのだ。走っている僕の体に桃の枝が突き刺さったとき、僕はそのことを今更ながらに思った。これが非人間的なおぞましいものが支配した果ての「ピンクの庭」の姿だった。ここにこうして走っている僕もやがて石化するのだろう。しかし石化する前に、僕はどうしてもしておかなければならないことがあった。桃の枝で傷ついた体からは血が噴き出し、僕は黄色い虎から真っ赤な虎になりつつあった。

前方に、大きな枝が張りだして僕の行く手を阻んでいるのが見えた。僕は大きく吠えると、その枝に飛びかかった。そしてその枝を牙で砕いてへし折った。枝についていた花は一つも枝から落ちることなく、僕の牙の先で咲いていた。僕は自分の未来が見えた、石化した口に、絶対に散らない花咲く桃の枝をくわえた赤い虎、これが僕の未来の姿だ。しかし僕は石化する前にするべきことがあった。僕は男性用小便器の形の舞台の上に躍り上がって、そこに僕のテリトリーの証しである小便をしておかなければならなかった。石化する前に、たとえ僕の頭は石化しても、下半身が許す限り、僕はそこにどうしても最後の小便をしておかなければならなかった。ここが僕の場所であることをそいつに示すために。

石化桃園赤虎

木乃伊時間

どこかへ行く途中で叔父さんに出会った。叔父さんはとても変な死体があるから一緒に見に行こうと僕を誘った。僕は断り切れずそのまま叔父さんに着いていった。

木造の小さな古い家の、狭い短い廊下の突き当たりに小部屋があって、その扉をこちら向きに開けて中に叔父さんは入った。部屋は小さく親戚の人たちで一杯だったし、その時になって僕は死体を見るのが怖くなったから、開いた扉のところに立って、中には入らなかった。棺は僕が立っているところからは頭の方らしい端の一部が見えた。叔父さんは僕が見える棺のそのあたりに正座した。叔父さんの向こう側にいた人がすぐに棺の蓋をずらして中を見せた。叔父さんは正座したまま体を浮かして中を覗き込むと、蓋をずらした人の説明を頷きながら聞いていた。僕の位置からは叔父さんの背中しか見えなかった。

僕は部屋が一杯でこれ以上は入れないという表情をしてその場に立っていたが、頭の中には飴色に焼け焦げた死体のイメージが浮かんでいた。そして叔父さんが今覗いている死体は、僕のイメージを絶したもっとずっと怖い姿をしているに違いないと思った。僕はそう思った一瞬、座したミイラの顎が外れて胸まで達した恐ろしい姿を思い浮かべた。

不明な時間が流れた。そして気がつくと僕はその部屋の中に座っていた。

叔父さんはいなかったが、相変わらず部屋は親戚の人たちで一杯だった。僕は棺はどこにあるのだろうかと、狭い部屋を見回したが棺はどこにもなかった。ただ部屋には嫌な焦げ臭いにおいが染みついていた。

そこにいる人たちは皆初対面の人たちばかりだったが、僕はそこに座っていることに違和感は全くなかった。人の存在が苦痛な僕にはあり得ないことだった。僕のすぐ隣で、すり切れたベルベットの低い椅子にずり落ちそうに座って、誰かとしきりに話している洋装の老婆は、見知らぬ人なのに、そのネズミのような顔が優しげで、僕は気になった。そして焦げ臭い嫌な臭いが時々鼻を突いた。僕は誰とも話さず、棺のないその部屋に座り続けた。それが実に自然だった。

そしてずいぶんと時が経った。

受胎告知朝

早朝の太陽光ですでに白く光った坂道の両側には、真っ黒い糸杉が並木になって続いていた。その白い坂道の黒い糸杉の並木が終わった丘の上には、煉瓦色の農家がぽつんと一軒だけ建っていた。

その黒い糸杉の並木道を小さな男の子が一人走っていた。道はまだ緩い上りだったが、ずっと先の斜度は、丘の上の一軒の煉瓦色の農家を上空に掬い上げるようにきつくしなって見えた。男の子の足の回転は速かったが、何しろ男の子はまだ小さく歩幅はあまりにも狭かったから、遠近法に従って小箱ほどの大きさになっていく丘の上の農家にたどり着くのはまだまだ先だった。しかしそれでも、男の子の駆け足はしっかりと着実だったから、やがては丘の上の農家までたどり着けるに違いなかった。黒い羊羹のような闇の糸杉は、遠近法を測る物差しになって、坂道の前方半分は変化が少なく、坂道の斜度がきつくなる後方半分から一気にその高さを縮めて、丘の上の農家の屋敷のどこかに消滅していた。

丘の上の煉瓦色の農家の玄関の前では、一人の若い女性が、男の子がやってくるのを今か今かと待っていた。丘の上の農家の玄関は、糸杉が消えていく点から少しずれていたから、農家の玄関の外で待っている若い女性にも、糸杉の並木の坂を上っている小さな男の子にも、互いの姿は全く見えなかった。しかし二人は、互いの存在を、開けた早朝の渓谷の風景の中のどんなものよりも強く感じていた。真っ黒い羊羹のような糸杉の並木は太陽に真横から照らされ、道に等間隔の黒い縞模様を作っていた。男の子は光と闇が交互に連続するその縞模様の上を一心に丘の上の女性の方に向かって走っていた。

その並木道の外側は、いくつもの丘の地平線まで一面に刈り取られた牧草地で、そこに点在する乾いた牧草を巻いた円柱状の枕はあっても、それを使って眠っていたはずの巨人たちはいず、ただあちこちに寂しげに転がっていた。男の子がもし夜間にここを走れば、きっと戦わねばならなかったに違いない夜の巨人たちのことなど、今は男の子は気にする必要は全くなかったが、ただ若い女性には一つ心配があった。それは夜の闇の中でさえ真っ黒い羊羹の闇でその形を際立たせて、黙って並んで男の子を見下ろしている糸杉たちのことだった。

農家の玄関の前で待っている若い女性には、自分に向かってくるのは天使から受胎を知らされたその男の子であることは、たとえ見えなくても分かっていた。そのことは、この朝の光の下に現れている渓谷のどんなものよりもはっきりしていた。干し草でできた夜の巨人たちの枕よりも、自分がつい今し方までそこで眠っていた家の中のどんなものよりも、丘の地平線のすぐ上にある太陽よりも、そして頭上に行くほど青の濃さを増す空よりも、男の子のずんずん自分に近づいてくる気配の方が遙かに強かった。だからこそ、朝の糸杉たちの放つ黒い不安は恐ろしかった。

『糸杉たちはあの子が私に飛び込んでくる前に、闇の地下へとさらっていってしまうかも知れない』

若い女性の中にはそんな不安の黒雲がモクモクと湧き出していた。それは恐怖そのものだった。

しかし、だからといって、若い女性が糸杉の並木を駆け下って、男の子のそばまで行くことはできなかった。男の子はたった一人で、その回転は速いがあまりにも小さな歩幅で、玄関の前で待っている若い女性のそばまで行かなければならなかったからだ。それが女性が天使から知らされた受胎告知だったからだ。

男の子は糸杉の並木の坂を、ずっと先の丘の上の煉瓦色の農家に向かってけなげに走っていた。ずんずん走っていた。朝の光に照らされて、闇の糸杉の影の縞模様を突っ切って走っていた。そして若い女性は、深い地下の闇の者である糸杉たちが、男の子をじっと見下ろしているその恐怖をたった一人で持って、煉瓦色の農家の玄関の前で、男の子の姿が視界に入ってくるのを今か今かと待っていた。

彼・女微笑図

ドームの建物が足場を組んでできあがっていくのを、それよりもずっと大きい巨大な若者の顔が霧の背後からじっと見ていた。足場にのって作業をしている人間たちは、誰もその若者の存在には気づいてはいなかった。人間たちには実際その顔は巨大すぎて緩く変化する霧の濃淡にしか見えなかったからだ。ドームはほとんど完成していた。

巨大な若者の顔の大きさは少なく見積もっても、ドームの大きさの十倍はあった。若者の顔もドームも霧に包まれていて、そのあらゆる輪郭線は霧に乱反射して刺々しかった。特に若者の美の中心であるはずの目は、瞳から生じた光が霧の粒子で衝突を繰り返したから、それは盲者の濃く白濁した機能しない瞳のように見えた。

しかしあらゆる輪郭線を刺々しくする霧の中にあっても、この巨大な若者の顔の美しさは際立っていた。雲の形に幾重にも寄せ集まる金髪の巻き毛、帆船のメインマストのように通った鼻筋、そんな笑い方はおそらくしないだろうが、口の片方がつり上がった笑みを浮かべれば美しい三日月の笑みになる知的な薄い唇。そして最後に、流れつつするたぐいまれな理知の存在の数学的証明のように、先端に向かってすぼまっていく頬と顎の線。

こうしてドームの建設現場もそれを見下ろしている巨大な若者の顔も、一枚の紙の中のものとして見ることができる誰かの視線は、さらなる美を期待して目を近づけた。しかしいくら目を近づけても、この若者の姿はそれ以上はっきりとはしなかった。この若者はまだ完全には出現してはいなかったからだ。その誰かの視線はそれでも何かないかと、若者の顔の周りを注意深く何度も行き来した。するとまだほんのかすれた数本の線に過ぎなかったが、髪が肩まで届いているらしいことにその視線は気がついた。糸のような小枝を曲げて作った深い巣の中の一個の真っ白な鳥の卵のように、若者の顔は肩まである豊かな髪に包まれる途中で止まっていたのだ。

すると突然若者の顔は若い女の顔に変わった。霧の中に浮かんだ巨大な顔は、髪の状態さえ変えれば男にも女にもなるように作られていた。それはいまだ人の目に触れたことのない深い森の奥の湖のように神秘的な、両性具有者の目鼻立ちだった。こうして紙に見入っている誰かの視線は、その神秘的な両性具有者の顔の印象を持ったまま満足して目を遠ざけた。誰も見ていない紙の中には、女の顔は消え、先ほどの巨大な若い男の顔とその顔が見つめるほとんど完成したドームがあった。

甕井戸金貨

僕は兵隊の一人だった。そして僕は斥候(せっこう)として部隊から一人離れ、部隊が敵を迎え撃つためのある村を探していた。僕たちの部隊は敵の死にものぐるいの、しかしこれに勝ちさえすれば敵の息の根を止めることができる、反撃の足場になるはずのその村を探していた。

僕たちの部隊は敵の町を破壊した。敵の町は低い丘の頂上にあって、そこまでの距離はかなりあったが、緩い上り坂の草深い一本道だったから、その道に原子砲を設置して敵の町に照準を合わせた。白い流線型の鉄道の牽引車に似たその巨大な武器から、真っ白い光線が丘の上の町に向けて発射されると、丘の上の町は一気にその光の色に染まって町の破壊は成功したが、破壊と同時にその同じ色の濁流がこちらに向かって押し寄せてくるのが見えた。それは敵がこちらに向けて最後に派遣した死にものぐるいの軍隊だった。丘の上に見えるそれは白い溶けた金属のように見えるだけだったが、その勢いも数も僕の部隊とは比べものにならないことは明らかだった。部隊は後退を決め、僕は一人先に進んで、敵を迎え撃つ城塞になり得る村を探すように命令されていた。その村はこの近くの谷にあるはずだったが、正確な場所は誰も知らなかった。

僕は一人、一面苔で覆われた平坦な場所を旅人を装って歩いていた。その山の中でありながら平野のような苔ばかりの中に道がある場所は、街道から別の街道へと抜ける山越えの場所だったから、行き違う人は結構あった。僕はそんな山越えの旅人を装って道を急いだ。そのうち道が崖っぷちにさしかかったが、その遙か下の緑濃い谷の中にある村が、僕たちの探していた村だった。僕は早速戻って上官に報告すると、部隊をその場所に案内した。

緑濃い谷に僕たちの部隊が入っていき、この村を敵を迎え撃つ城塞にしたいと村長に申し出たとき、村長は村を捨てるにあたりかなりの金を要求してきた。僕には全くその背景は分からなかったが、僕たちの部隊の誰かがこの村に隠された大量の金貨のありかを知っていた。村長はそのことを知っていたから、僕たちの部隊長に莫大な金を要求したらしかった。村の古井戸から、古い甕が引き上げられた。僕は引き上げられたその甕の蓋を取る場所にいて、中を覗き込んだ。その金貨は村のものではなく、見つけた僕たち部隊のものだったから、その場所には村の者は誰もいなかった。まるで井戸の中そのもののような深い水の底に、沈んだ城塞の跡のようなものがあって、その崩れた塀の影に金貨が光っていた。

僕はその甕の中に手を突っ込んだ。水は井戸の湧き水のように冷たかった。そして井戸のように深かった。それでも僕の手は甕の底にたどり着くことができた。そして泥をかき分けて金貨を掴もうとしたとき、僕の手は誰かの手に握られた。この時僕は初めて、この甕の底の金貨は僕たちの部隊が敵から奪ってきた金貨であることが分かった。僕たちはこの村で全滅したのだった。

彼・女的色情

何色かのパステルカラーのタンポポの綿毛のようなものが、ただカンバス一面に浮かんだような絵。そんな絵がなぜ僕の心をこれほど引くのか、いや、ただ引かれるというのではなく、その絵の中に僕の長年知りたいと思っていた秘密がもう少しで露わになろうとしていたのだ。引かれないではいられなかった。その絵は空中に浮かんで建築途中の石の城の斜め横の上空に浮かんでいた。

僕はその絵の所有者になりたかったが、建築途中の城とその空に浮かんだ美しいパステルカラーの絵が同時に並んで存在する空間で、僕がどんなふうに生きているのか分からなかった。僕は絵が欲しいと思いながら空の中に浮かんで、その絵の横に鳥のように飛びながら張り付いているのかも知れなかったし、それらが存在する空間のさらに外でそれら全体を新たな絵として眺めているのかも知れなかった。

いずれにせよ、僕の心に染み通っているのは絵の美しさとその美しさが意味している僕に係わる、それ故に美しい秘密だった。

しかしここに存在するあらゆるものが曖昧だった。それらは表現すれば、空に浮かんだパステルカラーの絵とか建築途中の石の城とかいったものにならざるを得なかったが、そのように表現されたものから、空の雲が時間と共に形を崩していくように、常にゆっくりと形を崩していたのだ。所詮は命の壺に挿され、咲こうと焦っているイメージの花たちに過ぎなかった。そう断定しても良かった。そうだ、この空間そのものがなくなろうとしていて、その残照が今見えている意味ありげなイメージに過ぎないのだ。そう断定する僕に、消えたくない、ここに引っかかっていたい、と言い続ける気持ちが全てのイメージの源だったのだ。美しい何種類かのパステルカラーで。

絵はその絵の構成要素から離脱して見れば美しいのだが、その絵の構成要素である何かが、僕の中心と繋がっていて、僕はそれらから完全には離脱できないでいる現場で、それらが失われつつあるところをそれに合わせて痛みつつ見ていた。正しくはそう表現すべきだった。そしてその正しささえ時々刻々と変化して、一瞬前の正しさはすでに嘘となり、常に新しい正しさへと変化していた。僕はその渦の中で、

「ああ、僕はまくれ上がった花弁の中心に雄しべとしてこんなふうになって突き出ているんだ」

そう分かったとき、僕は迫ってくる真っ白い巨大なものの姿を一瞬見た後、意識を失った。

醤油時限爆弾

僕は正義の味方だった。で、僕は悪党二人のいる場末のビルの二階の事務所に乗り込んだ。僕は意気盛んだった。事務所には人が良さそうで、間抜けな二人組がいた。一人は部屋の隅に遠い感じでいたが、もう一人は近くにいて僕に向かってきた。そして
「これは時限爆弾だぞ」
と言いながら黒いビニール袋を頭の上にかざして見せた。

近い男は僕の目の前で床に時限爆弾だというものを袋の中から撒きはじめた。床には焦げ茶色の醤油のようなものがいくつも水たまり状態になった。僕はこんなものが時限爆弾だろうかと思った。そう思いつつも、やはりひょっとしたら液体状の時限爆弾なのかも知れないと、今は全く醤油にしか見えなくなったその水たまりを、一生懸命時限爆弾に思い直そうとしていた。

遠い男は部屋の隅で、相変わらず遠い感じで、正義の味方の僕におびえて身を縮こませていた。近い男は床一面に時限爆弾を撒き終わると、どうだと言わんばかりに僕をにらんできた。しかし少しも怖くなかった。彼は悪党だったが、間抜けなところは大げさな表情にもぎこちない動

作にも溢れていた。

問題は時限爆弾だった。僕はもう一度疑いだした。これは本当に時限爆弾なのか、と。ただの醤油ではないのか、と。もしこれが本当に時限爆弾だったら、僕はすぐにでもこの場所から逃げ出さなければならなかった。部屋の隅で体を縮こませて遠い場所にいる男も、近くで威張って僕をにらみつけている間抜けな男も、これが時限爆弾だったらすぐに逃げなければならなかった。しかし、その二人も僕も、逃げようとはしなかった。

時限爆弾かも知れないという疑いは最初からあった。近い男が、これは時限爆弾だと言ったときから、僕は本物の時限爆弾かも知れないと思っていた。しかしそれはやはりどうみても醤油だったし、近い男はどこをどう見ても間抜けだった。僕は自分が正義の味方であることの軽さをこの時になって初めて感じ始めていた。

するとこの部屋全体が、急に宙に浮いたような感じになった。そして部屋はこれ以上はもう見せられないといったふうに三人を中に入れたまま消えた。醤油時限爆弾が爆発したのだった。

電視台買春

　その土地は風化した二枚貝の貝殻の非常に厚い堆積でできていた。足下のそれを手で掬って目に近づけよく見ると、貝殻はどれもこれも二枚貝であることは分かっても、表面の色や溝は完全に失われていて、その種類までは分からないように、一枚一枚を作為的にそうしているように僕には感じられた。しかしそうは感じても、こんな広大な土地一杯に二枚貝を誰かがそうしたとはとても信じられなかったし、一方で自然にできたにしてはその摩滅の程度があまりにも規格品のように一様だった。そんな場所を僕は彷徨っていた。歩けば一足ごとに足は沈み、僕のその時その場所の存在証明のようにザクッ、ザクッと音がした。

　そうして進んでいくと枝の跡が突き出た巨大な流木が、前のものの記憶が消えかかるとその記憶を補うような頻度で僕の前に現れては消えた。その流木には十人くらいの少女たちが白い服を着て黙って座っていた。ちょうど鳥が群れて留まるように、果実が群れてなるように座っていた。

　少女たちの外見は普通に見えたが、全員が死病にかかっていた。その上、少女たちは外見上は全く問題はないその体を売らねばならない状況にあった。砂漠には雨が降らないのと同じ理由でそうだった。少女たちは一日中、海はないのに潮に晒され打ち上げられた流木に座って、それほど遠くはない日の死と、めったにこの場所を人が通過しないために何日も自分の体が買われる時を待っていた。僕はそんな世界に、いきなり存在させられていた。それは砂漠に雨が降らないのと全く同じ理由でそうだったのだ。

僕は情けないほどに無力だったが、少女たちを悲惨な境遇から何とか救い出したかった。僕はある日思い切って、目の前に見えてきた流木に近づいていった。少女たちはいっせいに近づいてくる僕を見た。久しぶりに現れた人間だったからだろう。少女たちは、水槽の中にいる熱帯魚が、水槽の外から近づいて覗いてくる人間を見るような目で僕を見た。少女たちの目は無力で美しい目だった。僕は少女たちのそんな視線を浴びて、言葉さえ掛けることができず、自分が無力であることを再確認して、流木のすぐ前を通過するしかなかった。そんなことが何度も繰り返された。

少女たちを救うために、一人の有名人が活動していることをある日僕はニュースで知った。それで僕は初対面のその男を訪ねた。その男は、この国に住む若い外国人たちにこの国の文化についての考えを語らせるあるテレビ番組の司会者で、僕もテレビでは良く知っている男だった。男は初対面の僕に気軽に会ってくれた。僕がまだ何も言わないのに、男は僕の目的が分かるのかいきなり語り出した。

「あの場所は悲惨です。救いのない場所です。一体、どうしたらいいでしょうね」

男はこんなふうな主旨のことを長々と回りくどく語った。僕はこの男はただあの悲惨な場所を利用して、自分をテレビで売り込みたいだけなのが分かった。男は偽善者だったのだ。とうとうとまくし立てる男の、腫れぼったい瞼と両側から挟まれて膨れあがったような頬の、テレビに映し出された醜い顔の記憶を、目の前でさらにいっそう醜く確認して、僕はその場所を離れた。そして再び、風化した貝殻の堆積した土地に一人で入った。そこはテレビの中にあった。テレビの中にだけあった。僕はそのことがその時初めて分かった。

白い服を着た少女たちは、僕が彷徨う先々で以前と同じ目で僕を見、僕を見送った。僕は彷徨うだけで何もできなかったのは以前と同じだった。ただ以前と違っていたのは、少女たちは救われたいとは全く思ってはいない、僕はそのことを知ったことだった。僕は無力だった。

蛇管男性器

それは毒蛇かも知れなかった。口を大きく開けて牙を剝きだし、僕に飛びかかろうとしていた。大きくはなかったが、嚙まれれば命に関わるはずだった。僕はその毒蛇に似た長い生き物の頭の少し下を、金属のへらのようなものでしっかりと押さえていた。だからその毒蛇に似た牙を剝きだしたそれは、僕に飛びかかってくることはできなかった。

その時僕に警鐘のようなささやきがあった。

「あいつはね、材質が変わるんだよ。今はへらと同じ金属だからがっちりと押さえることができても、そのうちにね、ヌルヌルしたものに変わるよ。そうしたらね、きっと、君の力でも押さえることができなくなるよ」

誰がそう囁いたか、そんなことよりも、本当にうなぎのようにヌルヌルで、頭はかっと口を開いた毒蛇になったときの感じがあると思ったとたん、僕の中で、そいつを押さえていることができなくなった場面がすでに始まろうとしていた。僕は必死でへらに力を入れたが、そいつはゆっくりとへらの下を僕に向かってヌルヌルと動き始めていた。

「いけない、こんなことを想像するからこいつはヌルヌルした化け物になってしまうんだ。前のように金属でできていると思い直せばいいんだ。そうだ、そう思おう」

そう思って僕はそいつは金属でできていると思い直そうとしたが、しかし、ヌルヌルした方が僕は、なんと言ったらいいのか、本当におかしなことだが、好きだった。いや、はっきりとそう分かっていたのではなかったが、金属であるよりはヌルヌルしてへらの下をすり抜けてしまうそいつの方が僕は好きだった。そいつは確かに毒蛇で、噛まれたら必ず死ぬ怖さに僕は震え上がっていたのに、僕はヌルヌルと僕に向かってゆっくりとへらの下をすり抜けていく感じの方が、やっぱり好きだった。

それでそいつはヌルヌルと僕に向かってへらの下をどんどんすり抜け、僕の方にその牙から毒液を垂らした頭が近づきつつあった。僕は本当に怖く、そしてやはり少しそいつが好きだったに違いなかった。

血水遊園地

それは関西にある以前男の勤めていた研究所だった。男は研究所の先生と呼ばれる人物を訪ねていった。研究所は二階建てのスペースに昔の仲間がまだ昔のままに仕事をしていた。男は遠くからやってきたから、重い鞄を二つ提げていた。仲間と仕事の相談が終わり、研究所の二階のさらに上にある高い塔の中に住んでいる先生も交えて、全員でそこから少し離れた古都にある遊園地に行こうと話が決まった。

男は仕事が済んだらすぐに帰りたかったが、昔の仲間が久しぶりにやってきた男のために、その遊園地行きを持ち出したこともあって、行きたくないとは言えなかった。男は先生の住む塔の中程の部屋に自分の二つの荷物を置いて、仲間や先生と一緒に私鉄の郊外電車の駅に向かった。男は仲間と歩きながら、いっそ仲間とはぐれてしまいたかった。そしてそれを理由に家に戻ってしまいたかった。しかしそれはやはりできなかった。それでたとえ遊園地には行っても、少しでも早く帰れないかと考えた。

で、男は仲間の後方を一人離れて歩いていて、二つの鞄は確かに重いがあれを持って遊園地に行こうと考えた。またここに戻るよりは鞄を持っていってそのまま帰った方が早く帰ることができる。鞄を取りにそっとあの塔に戻ろう。そうして、仲間の後を急いで追いかければいいだろう。男はそう考えるそばから、仲間にきっとはぐれてしまうだろうと期待していた。家に戻ってからあの時はどこへ行ったのだと仲間から電話で聞かれても、鞄を取りに塔に戻ったんだが、はぐれてしまったと言えばいいと、男は考えた。

塔は木造のバラック建てで、しかも古いものだった。男はそこを上に登っていった。そして五階にある雑然とした中に自分の二つの鞄を見つけ、その重い鞄を両手に持って仲間の後を追った。男は仲間はすでに郊外電車に乗ってしまっただろうと思った。駅は近かったし、本数は多かった。それで男は違う路線でその古都の遊園地に先回りをしようと考えた。しかしその考えの背後には、このまま路線を間違え、迷ってしまいたかった。それで、郊外電車ではなく、ローカル線の、本数も少ない別の路線の駅に向かった。

電車はもちろんなかなかやってこなかった。しかし、この路線で自分の家に帰れるはずだった。つまり男は初めから家に帰る路線を選んでいたのだった。だがそのローカル線の行く先は不確かで、そのままでは家には帰り着けなくなっていた。男はもう遊園地どころではなくなっていた。男は誰かにこのローカル線の行き先と自分の家の方向を確かめたかった。それで男はもう一度、重い鞄を両手に提げて塔に戻った。

塔には先生の奥さんがいた。奥さんは塔の中程の部屋にいたから、男はそこまで登っていった。そして事情を話した。遊園地のことは奥さんは知らないみたいだったから、男は自分の家に帰り着くローカル線のことを奥さんに聞いた。奥さんは電車は出た直後だから、それをタクシーで追いかければいいと教えてくれた。そして奥さんは塔の下まで男を見送ってくれ、この塔のすぐ裏を走る道路でタクシーを拾いなさいといった。

道路は舗装はされていたが、田舎道で、車の交通量はそれほど多くはなかった。車がやってくる時は四、五台が固まってやってきた。それは小型トラックや、自家用車ばかりで、タクシーが一体どれなのか男には確かめられなかったが、男には時間が迫っていたから、とにかく手を上げてタクシーを停めようとした。しかしタクシーは停まらなかった。明らかにタクシーで、しかも空車らしきものでも、その車はなぜか停まらなかった。

その光景がいつのことなのか男には分からなかった。男はすでに家に帰り着いていた。男の視点は塔の上空にあった。男が見ると、先生が塔の屋上に一人出ていた。屋上は円形で柵はあったが、それほど高くはなかった。遙か下に町並みが広がって地平線まで続いていた。部屋着姿の先生が、屋上から水平線の方に向かって、口から勢いよく血を吐き出した。それはあまりにも勢いが強く、血と血の間には、圧力のある真水があるのが明らかで、それが先生の口から噴き出していた。男は上空から見下ろしていたが、その境界がくっきりと分かるほどの勢いのある、血と真水の先生の口からの噴水だった。

毛物海

三日月が鋭い受け皿の形で黄色に光っているそのすぐそばで、黄金の針の頭のような金星がぽつんと光っていた。太陽が沈んで間もなかったが、空にはもう赤みは消えて、濃くなりつつある闇の中に青色が粉のように散っていた。もしあの三日月と金星に手が届いて、女を飾るためにあるとすれば、女はそれを黒いハイネックのセーターの上にネックレスとして使ってみたかった。人が死んで人が生まれる、女はその流れの中にいて、産める機能を持ってはいたが、自分が死ぬことはあっても産むことになることはないだろうと考えていた。黒いハイネックのセーターの膨らんだ胸の上に飾る鋭い三日月と針の一点の金星は、女に相応しいと夜空は言っているようだった。

女はセックスの経験はあったが、それにのめり込むことはできなかった。あんなもの？　という感じだった。獣っぽい行為だとも思わなかった。獣っぽい行為なら、もっとずっと美しいものがあるように思えた。今、夜空に光っているものはその一つだった。そしてそれと同類の美しいものなら女の周囲にはまだいくつもあるように女には思えた。それらを一つずつ楽しもうとすれば、子供を産むことは女には無駄なことで、現実的ではなかった。相手の男は好きなタイプの男だったが、金星と三日月ほどの心を傷つける、鋭い物質的な獣っぽさはなかった。どうせするんなら、私を血まみれにしてみてよ、そう叫んだら男は逃げていった。

女の日常は単純だった。午前九時十五分に会社に着き、帰りはまちまちだったが、それでも午後九時には家にいた。家には両親と弟がいた。女の給料はそのまま女のものになったから、特にブランドに凝ることもない女は金に困ることはなかった。仲間とキャーキャー騒ぐことも好きではなかった。女は会社から家に戻ると、母親と今日会社であったことの愚痴が中心の話をしながら一人遅めの食事をし、それから入浴をすると、自分の部屋でネットを楽しみ、十二時に寝るという生活を繰り返していた。それで不満は何もなかった。

変化があった。ある日女は家を出て、一人でアパートを借りて住むと家族に告げると、隣の市に移ってしまった。家を出る前、母親は一緒に住むことに何か不都合があるのかと聞いたが、女は何もないと答えた。しかし本当は犬を飼うつもりだった。自分が四つん這いになった時の大きさで、高さはそれ以上ある犬を女は飼うつもりだった。しかも、子供から育てるのではなく、その大きさの犬が今すぐに必要だった。女は犬を手に入れ、一緒に住むつもりだった。そしてその犬と一緒に海岸を散歩する夢を、女はいつの間にか夢見ていた。海の風景がその犬の大きさのために引きずられ、海自身が獣っぽく見えてしまう、そんな犬を連れて散歩する夢は、自分さえ家を出れば簡単に実現できると思ったからだった。

女は運良く、市の殺処分を待っていたその馬のように巨大な、ボクサーと思われる種類の成犬を手に入れることができた。女は犬が来たその日から、犬を自分のベッドで寝かせた。そして部屋の中で、海岸を散歩する訓練をした。自分が普通に立って歩いた時、犬の背中に絶えず触れていられるように、犬を歩かせる訓練だった。自分が体を曲げなくても容易に手のひら全体が犬の背に届くことは、絶対条件で選んだから、歩くピッチさえ自分に合わせてくれれば、それは簡単なことだった。そして訓練を始めて三ヶ月して、とうとうその日がやってきた。女はその日を三日月と金星が出会う時期に選んでいた。女は黒いハイネックのセーターを着て、犬を車に乗せた。もうすぐ、あの尊大な海は一旦引き下がると、家来になってやってきて自分の足下に跪くはずだった。この犬はそのために女の足を胴の真ん中に入れ、合計六本の足となるよう準備されたのだった。女は夜空から金星と三日月を引きちぎって、黒のハイネックのセーターの胸に飾り、犬の背を撫でながら海に言うはずだった。

「どう？　海、あなたもこいつのように毛を生やしたいでしょう？」

螺旋職場

男の職場はバラックの塔の中にあった。各階にはその塔の外に巻き付いている螺旋階段で行くのだが、螺旋階段の一部は各階ごとに必ず階段がないところがあって、そこは垂れ下がったロープを使って登らなければならなかった。そんな職場に、スカートを穿いた女子職員も結構いた。男はその職場にいたが、ただ一人空中浮遊でフロアーを上下に移動していた。

その日男は空中浮遊が思うようにできなかった。それで仕方なく、男は他の従業員と同じように螺旋階段を使った。螺旋階段は男が思っていた以上に危険なものだった。それは実は階段ではなく、中央部が膨れあがった坂で、しかも両側には手すりがなかった。滑って転べば、摑まるものは何もなく、落ちるしかなかった。しかも各フロアに入る手前には、必ず坂に断絶があって、そこにロープが上から垂れ下がっていた。女子職員は一体このロープを使ってどうやって登るのか、男には理解ができなかった。今まで一度も女子職員のそんな姿を見たことがなかったからだ。

男は仕方なく、ロープにぶら下がった。ロープは男の重みで揺れた。男はぶら下がりながら足をかけるところがロープの一番下にあることに気がついた。そこに足をかけようとよく見ると、そこには不吉な化け物の顔が作り付けてあった。男はそれに足をかけることはいやだったが、足をかけなければロープを登ることはできなかった。男は仕方なく、その化け物の顔に足をかけてロープをよじ登った。その化け物の足掛は男が登るにつれて、ちょうどいい位置に一緒に這い上がってくるようだったが、男はできるだけそれは気にしないように、そして下を見ないようにして、怪物の足掛と一緒になってロープをよじ登っていった。

フロアーでの仕事は女子職員を相手にする仕事だった。女子職員は皆男には親切だった。別のフロアーに必要なものがある時には、女子職員が進んで取りに行ってくれた。だから男はスムーズに仕事を進めることができた。そのうち、男子職員と打ち合わせる必要が生じた。男は仕方なく、その男子職員のいるフロアーに向かった。

驚いたことにその男子職員は、螺旋の坂の上に自分の机を置いて仕事をしていた。机は坂の角度で斜めになっていたし、椅子は長椅子でその幅は坂の端まであったから、そこを横切って上下のフロアーを行き来するスペースはなかった。男はその男子職員の横に座って、彼が作っている部品のパーツの説明を聞いた。斜めの机の上の部品のパーツは転がっていかないように、絶えず手で押さえていなければならなかった。男は説明を聞き終わると、座った位置を彼と変えて、下のフロアーへ降りた。その時なぜ下のフロアーに降りたのか、下のフロアーに降りる時は、あのロープを使ったのか、使った時あの化け物の顔の足掛はあったのか、そう言ったことは男にはもう分からなくなっていた。

煮茄子宿命

男は自由に空中浮遊ができた。空中浮遊で好んでいく場所は、電線の鉄塔が行く手を阻む山をいくつか越えた向こうにある一面毛のような草が生えた山だった。男はその日、いつものようにまっすぐに目的の山に向かうことができなかった。気流に押し流されてせっかく近づいても簡単に戻ってしまうことや、行く手の鉄塔の電線を避けようとしても、高度の調整がなかなかできないことで、自分の体にパワーがないことが分かった。

男はそんなふうにして戻ってしまったずいぶん手前の山裾の上空をどうしようかと漂っていた。すると男の下に一人の作務衣(さむえ)を着た中年の男が現れた。作務衣の男は空中の男に向かって、誰かの宿命の顚末を語り始めた。そして語り終わると、これがその結末だと言って、作務衣の男が立っている土ばかりが目だつ畑の真ん中にある巨大な円形の物入れのそばまで行って、巨大な鉄の蓋を取った。その赤錆びた鉄の物入れの直径は男の背丈の二倍はあって、蓋の取っ手は中央にあったから、男の手がその取っ手に届くはずはなく、しかもいくら薄手の鉄板で作られているといっても、直径四メートル近い円形の蓋を取ることは不可能なはずだったが、上空の男が気づいた時には、蓋は外された後だった。

作務衣の男はさも納得したように赤錆の浮き出た鉄の容れ物の中のものを、これが宿命の結果だと言って示した。上空からは中が丸見えだった。中にあったものは、四メートルはあると思える巨大な茄子の煮付けのようなものが、円形の内壁の曲線にいくつも折り重なって入っていた。上空の男は少し驚いたが、その化け物のように大きい茄子の煮付けのようなものが、誰かの宿命の結果であってもいいように男には思えた。

作務衣の男は親しげに上空の男に向かって、これからどこに向かうのかと聞いた。上空の男は、いつも行っている毛のような草の生えた山を示した。それは名前を言ったのではなかったし、上空からその山を指さしたのでもなかった。目的の山の手前には、まだいくつもの鉄塔を連ねた山々があって、作務衣の男はもちろん、上空の男の視界にも目的の山は見えなかった。それでも作務衣の男は上空の男の心が正確に分かったようだった。上空の男は高度を上げて、電線が遮る前方に向かってスピードを上げた。作務衣の男の、あなたは自由でうらやましい、という声を背後に聞きながら、上空の男は自分の体に力が漲っていることに気づいた。

染色排水工場

僕は妹をバイクの後ろに乗せて非常にゆっくりと走っていた。後ろから弟が自転車で着いてきているからだった。道路は原野の中を走っている工事中の高速道路で、あたりにはその工事中の高速道路以外には何もなかった。半分地面がむき出しだったが、そのうちに全て地面がむき出しになった。あたりは静かで走っているのは僕たちの他はどんな車も、それに工事の人や機械もなかった。工事途中でなぜか放棄された原野のただ中の高速道路、まるでそんな感じだった。

下り坂になった。しかも傾斜は普通ではなかった。真下に落ちていく恐怖があった。その上地面はシャベルカーで抉られたままに下まで凹みのうねりがいくつも続いていた。僕は恐怖を感じながらそこを下った。妹や弟は何も言わなかった。坂を下りた先も一面原野だったが、その先には僕たちの目的地があった。

坂を下りたところで妹はバイクを降りて歩いた。弟は相変わらず僕の後ろを自転車で着いてきていた。妹はさらにゆっくり進むバイクの右横を歩いていた。僕は突然妹や弟とこんなふうに一緒にいられる時はすぐに消えてなくなると痛切に思った。僕は右手を歩く妹に手を伸ばして妹の手を握った。そしてバイクを停めて妹を引き寄せた。弟も体を寄せてきた。僕たち三人は一体になった。周りの原野は感傷的な表情を見せた。

やがて僕たちの前に平屋がいくつも集まった作業所のような場所が現れた。僕たちはそのいくつもの家に挟まれた細い道に入っていった。道は濡れていたが、吸水性が良い土だったから、焦げ茶色に変わっているだけでぬかるんではいなかった。平屋の家は長屋のように続き、道を挟んだ家の反対側は、テントのようなもので覆われ、そこには土が抉られた中に汚れた水とたくさんの布が沈んでいた。僕はそこは染め物工場だと思った。そして他人の土地に無断で入ってしまったから早く出ようと、溜め池が尽きたところでもとの道路に戻ろうとした。しかしその曲がり角の所に、しっとりとして人を受け入れたがっている表情の平屋があった。妹はその家の中に入っていった。

その時突然、後ろから声がかかった。

「何か盗んだんじゃないだろうね？」

振り返ると、一人の乞食のような老婆が立っていた。僕は嫌な気がしたが、何も答えなかった。するとすぐに続いて、奥の方から

「いらっしゃいませ。どうぞご覧ください」

という声が聞こえた。声の方を見ると、その声の主の背後の平屋は一続きになって、中には団

子や土産物でも売っていそうな休憩所や店が連なっていた。ここは入ってもいい場所なんだと僕は安心したが、それと同時に、休憩所はたった今明かりが付いたばかりか、長屋風のその建物も、いらっしゃいませ、の声とともに突然現れたような気がした。

入っていい場所だと安心すると同時に、不安な気持ちが僕の中にわき上がった一瞬だった。僕の中から妹と、弟が消えていったのはまさにその一瞬だった。そしてそれ以降は僕は自分が一人であることを、それまでは妹と弟と一緒だったのに、一人であることを不思議だとは思わなくなっていた。

瑠璃男神銅女神

ワタシは君たち人間が見たことがないものを見てきた。そのために君たちに何かを伝えようとすると、ワタシの言葉は極限まで抽象化する。それ以上はもはや言葉にならない最後に見えるものがワタシの言葉だ。

ワタシは知という姿で君たち人間の前に現れる。それ以外にワタシの発しうる言葉は、融点、屈折率、硬度といった素材の物理定数になってしまう。ワタシは透明という言葉を使わない。それに代わって知という言葉を使う。それがワタシが君たちに接近できるぎりぎりのところだ。ワタシが今のワタシでない時、君たちがワタシに触れようとすれば、肉と骨が溶けて無くなる過程を踏まなければならない。千三百度の白っぽい橙色の光る靄に包まれた、冷たい今のワタシではないワタシに君たち人間が触れようとすれば。

ワタシは静かな時を持てと主張し続ける。それが冷たくなった時のワタシが自分に言いかける言葉だ。その言葉が君たちの中に入ると、知という言葉に変質する。しかし今のワタシは少し変だ。ワタシは「あなた」の存在によって、男性という役割を与えられてしまった。それは初めての「あなた」との癒着によって成立した少し戸惑いのあるワタシの位置づけだ。ワタシはそれまでにしたことがないほどに「あなた」の中に食い込んでしまっている。それはワタシの本意ではない。

*

わたしはお前たち人間を排斥してきた。わたしが切っ先となってお前たちの膚に接触するときのわたしの触感を思い浮かべてみるがよい。わたしは自分の内部を決して誰にも見せない。お前たち人間はもちろんのこと、今こうして初めてわたしの中に入ってきた「誰かあるいは何か」にも、わたしの内部を見せることは決してない。わたしを貫きたければ貫けばいいだろう。しかし、貫いた先はわたしの外部に過ぎない。わたしの内部は完璧に秘されているのだ。

融点が近いことで「誰かあるいは何か」はわたしの中に入ってきた。入ってきた「誰かあるいは何か」はわたしのことを「あなた」と呼んでいる。しかしわたしをどう呼ぼうと、わたしはその「誰かあるいは何か」に答えるつもりはない。それにもかかわらず思わず出てしまった恥じらいの赤。わたしはこの色によって女性の役目を与えられてしまっているのだ。見てみるがいい、脹ら脛のところで交差するわたしの二本の足の媚びの様を。そしてそこに現れたわたしの恥じらいの色の夕焼けに似た美しさを。

初めて見せてしまったわたしの感情の色。それを表面化したのは、融点がわずかにわたしの方が低かったせいだ。わたしが「誰かあるいは何か」よりも長く溶けたままでいたからだ。わたしにはわたし自身の内部に向けた言葉しかない。この赤も、鏡に向かったわたしによるわたし自身への恥じらいの色だ。わたしを貫いている「誰かあるいは何か」に対する恥じらいではない。わたしには他者は存在しない。しかし、それにもかかわらず、わたしは「誰かあるいは何か」によって女の位置を与えられてしまった。それは私の本意ではない。

*

人の寄りつけない隆起珊瑚礁の先端に引っかかった赤錆まるけの一艘の座礁船。

その座礁船の中の一つの部屋で、終日渦巻き模様の白い泡を作っては消している錆びて崩れた鉄の浴槽。

そして第二の部屋の鉄の壁を使って誰が遊んだのか、釘づけられた真新しい二匹の透明なウミウシ。

さらに、この座礁船の中の第三の鉄の部屋で一体化した私たち。食い込み、食い込まれて一体になった、千三百度の融点を持つ知のワタシと一千度の融点を持つ不知のわたし。私たち二人ともこうなったのは本意ではない。

そうであれば、いっそこの交合の姿のままで、私たちは踊らねばなるまい。いくつあるかも知れぬ鉄の部屋から鉄の部屋へと踊り渡り、そしてたとえこの赤錆まるけの座礁船が朽ち果ててしまったその後も、私たちはこの恥じらいの交合の姿のままで踊らねばなるまい。

黒羊羹集中問答

「あなた方の間違いは、ワタシを実感できていないのに、知識で作られたイメージで、ワタシの中に入ろうとするところです。そういうふうにワタシの中に入ろうとしても、それは不可能なのです。あなた方の知識やイメージは知覚から派生してきたもので作られています。しかしワタシは知覚で作られたものではないからです。それにワタシの周りには黒い羊羹のような闇が取り囲んでいて、どんな知識もイメージもそこでは無になってしまうのです」

「どうしたら私たちはあなたの中に入ることができるのですか？」

「あなた方がワタシの中に入る方法は、あなた方が知識やイメージを捨てる以外にはありません」

「知識やイメージを持たない下等な動物ならあなたの中に入ることはできるのですか？」

「ワタシの対象となるものに、上等下等の区別はありません。全て同じです。あなた方は風と同じくらい純粋にならなければワタシの中に入ってくることはできません」

「風は生物ではありません。ただの空気の流れです」

「あなた方はそれで風の本質を分かったつもりでいるのですか？　風の本質は知識で捕らえることはできません。風の本質は、あなた方自身が風と同じくらいに純粋にならなければ捕らえることはできません」

「私たちが風と同じくらい純粋になるにはどうしたらいいのでしょうか？」

「知識やイメージを捨てて風と向き合うようにするのです。あなた方が風になって、風と向き合うのです」

「私たちが風になるのは可能でしょうか？」

「知識とイメージを捨てることができれば可能です」

「同じ問いと答えがぐるぐる回っているように思いますが？」

「そうです。あなた方はワタシを実感できていないからです。だからこんなふうに同じ答えと問いで同じところをぐるぐる回ることになるのです。知識とイメージでワタシを理解しようとするからです」

「あなたは一体なんですか？」

「それには答えることができません。ワタシは言葉以前の者だからです。言葉はワタシには届かないからです。ご覧なさい、ワタシを包んでいるこの黒い羊羹のような闇を。この闇はあなた方の存在を基底から消し去ります」

「私たちはあなたを数学で定義することはできるでしょうか？」

「数学はワタシに非常に近いところを通過しますが、数学があなた方に与えることができるものも、イメージで解釈される限り、ワタシを定義することはできません。あなた方はイメージの呪縛から逃れることはできません。あなた方にとって理解とはイメージだからです。現に十一次元をどうイメージしていいのか、あなた方には分からないのです」

「重力にあなたは関係しているのでしょうか？」

「無重力の方向にワタシは存在しています」

「無重力の中にあなたは存在していないのですか？」

「存在しています。そこではワタシの存在に方向性はありません」

「あなたが好んで住み着く人間がいるように思うのですが？」

「黒い羊羹のような闇を持った人にはワタシは住み着きます」

「その人達に聞けばあなたのことはもっと理解しやすいのでしょうか？」

「その人達は今あなたが話しているワタシと同じです。ワタシは本来はパワーのみで、言葉はその人たちのものですから。本来のワタシには言葉はありません」

「私とその人達とは何が違うのでしょうか？」

「人間性を拒否する黒い羊羹のような闇をあなたは持っていません。そのことがワタシとは違います」

「その黒い羊羹のような闇を持つことは私にできるのでしょうか？」

「自己が疎外されることのなかったあなたには、その黒い羊羹のような闇を持つことはできません。それは偶然が人に与える必然だからです。あなたにはその偶然が与えられていません」

「これ以上のあなたへの接近は不可能ですか？」

「不可能です」

瀬戸内秘泌瓶

着席していると吐き気が急速に強くなっていった。トイレに行かなければここで吐いてしまうと思った時にはもう体は動かなくなっていた。同時に知覚とイメージによって外に広がっていた外界は消え、意識は内部の世界だけがかろうじて残っていた。僕は自分が危険な状態にいることが不安になるよりも、目の前に起こっていることに興味を持った。それはもし言葉にすれば、次のように起こっていることを僕に説明していた。

身体の内壁に僕の生命の液相がじっとりと染みこんでいる洞窟に似た空間と、それまでは身体の内壁に張り付いていて分からなかったが、そこから剥離したために命とは比喩以上に炎に近いものだと納得させる、少し離れたところで燃えている赤い炎と、そして最後は洞窟の中のまさに消えんとする命の炎をまるで消えつつあるたき火のように見ている原始人の目、洞窟、炎、原始人の目。お前はこの三つに分裂したのだと、そう僕に説明していた。そしてそんなふうに説明されて、僕は思わず好奇の目であの時の自分の消滅を思い出していた。時間は命の炎が小さくなる方向にだけ進んでいった。そしてついに命の炎が消えた時、そこから黒い羊羹に似た闇が始まっていたのだ。

それは実にデジタル的な変化だった。意識がない状態から意識のある状態に、暗い部屋の灯りのスイッチを入れた時のように、僕は意識を取り戻した。こうして記憶の中には、黒い羊羹のような意識を失っていた時の闇の状態が、灯りの付いた意識のある状態に両側から挟まれた光と闇のサンドイッチ構造となって残った。僕はこれはしめたと思った。黒い羊羹のような闇の中に一体何があるのか、無いという空間は一体何なのか、それを確かめようと、意識のある状態から黒い羊羹のような闇の状態に向かって記憶を遡ってみた。しかし黒い羊羹のような中に思い出しセンサーが入った直後、差し入れた思い出しセンサーは、なくなってしまった。記憶が無いのではなかった。その前段階がなくなってしまうのだ。つまり、そう判断するための思い出しセンサーさえなくなってしまうのだ。無いということの徹底さ、判断の足がかり自体がなくなってしまう、今まで経験したことのない経験を僕はしていた。無いと言い捨てて、そのそばで頬杖を突いてそれを見ている、そんな生やさしい記憶のなさではなかった。主体がたたずむための場所がもはやなかった。僕はその事実に死の恐怖よりは、これまで考えもしなかった新鮮な無の展開に驚きを覚えた。

この黒い羊羹のような闇の中には、本当に何もなかった。何もないという事実さえないのだ。これを一体どう表現したらいいのか、それは今まで僕が試みてきたあらゆる表現を越えた状態だった。この文字通りの無の状態を実感するには、体験したことがなければ不可能とさえ僕には思えた。

「分かるわー。よく分かるわー」
気を失って再び意識の世界に戻ってきた時、記憶の中に残っていた欠落部分を黒い羊羹のようなと僕が表現した時、彼女は即座にこう言った。この時の彼女の納得の仕方に比べれば、それ以前の僕の言ったことに対する彼女の納得は、なんと表面的だったのだろうと思えるほどの自分に向けた納得の仕方だった。彼女の中はこの黒い羊羹のような闇が壁となって仕切っていたのだと、僕は思わないではいられなかった。おそらく彼女は、その仕切りをなくして自分を一つにまとめる努力を過去にしたことがあったに違いなかった。そしてそれが絶対に不可能であることを身をもって知っていたのだ。その彼女だからこそ言えた一言だった。僕はそう思った。

こうして確かに僕たちは黒い羊羹のような記憶の無を共有することができた。そしてそれは何の発展性もあり得ない無力の、絶対無力の共有だった。

ここで仮定をしてみよう。宇宙の始まりからこれから宇宙が到達する終わりまでの広大無辺な時空の広がりの中で、知覚を持つ生物が存在していなかったそして存在しなくなるだろうこれからの時空が、この黒い羊羹のような闇でできているという仮定だ。この仮定は、知覚を持つ生物が存在していない時、その時の宇宙はどのように存在するのかという問いに、答えを与えることになる。答えは言葉を発する足場がもはやないという答えだ。私たちは黙しているより他はないという答えだ。

その黒羊羹の共有があった半年後のある日、僕たちは瀬戸内の風景を車窓から見ていた。八月の初めだった。僕たちは電車が出る前、陸側のボックス席に向かい合って座っていたが、電車が動き出した時に、「海を見よう」と海側のボックス席に移った。その時彼女は窓側の向かいの席には座らないで、なぜか僕の横に体をくっつけて座った。電車が動き出し、小さな会話をしたあと、僕たちはしばらく黙って夏の瀬戸内の海を一緒に見ていた。海に心を奪われていてふと気づいて彼女の方を見ると、彼女は居眠りをしていた。目的地まではあと三十分だった。車窓からは海はいつの間にか消え、高架から見下ろす一面の町並みに変わっていた。僕は僕に体をぴったりと着けて眠る彼女の眠りが、これから彼女を待っている黒羊羹の闇の仕切りのための孤独とカオスに翻弄される生涯のうちで、せめて三十分でも安らかな眠りであって欲しいと願っていた。

その後彼女は黒い羊羹のような無の仕切り壁の間の一つに入って生きている。そして僕は彼女の状態をもはや想像できないまま彼女を忘れようとしている。広大な星のきらめく宇宙は僕の中ではなく外にある。

靄靄(もやもや)食堂

　そこは男が子供のころにくじ付きの駄菓子をよく買いに行った親戚のおばさんの家だった。そのおばさんの家は男の家と街道を挟んだ向こう側の数軒先にあった。おばさんは男がくじ付きの駄菓子を買いに行くと、きまって、「さあ、こっちにいらっしゃい」と手招きして、店の奥の間の薄暗い上がり端に置いたくじの箱を指さし、「さあ、この中から引きなさい」と言った。その箱の中には当たりくじだけが取りのけてあったのだ。それから何十年か経って、その親戚のおばさんの家が奥の間も含めて見通しのいい食堂に変わっていた。

　男はもう子供ではなかったし、故郷の家にも住んでいなかったが、なぜかその食堂に入っていった。ちょうどお昼時で、食堂には活気があって、二階もあったはずなのに、そんなものはなくなってしまったのか、明るい外光が燦々(さんさん)と降り注いでいた。戸口に立った男の視界には、地平線に届くほどに食堂のテーブルが長く細く続いて見えた。客はちらほらとしかいなかったが、それでも地平線に吸い込まれる遠くのテーブルにも小さな人影が蟻のように動いていた。

　男は入口近くのテーブルに着いた。そこはおばさんの家に間違いはなかったが、男が子供のころに入った店の面影はどこを見回しても残ってはいなかった。当たりくじだけが入れてあった箱がそこだけ灯りが点されたように、白々と目の下に浮かんだあの薄暗い奥の間は、きれいに取り払われていた。それはまるで、柔らかい日が射す野原に作られた露天の巨大食堂のようだったが、男にはそこはやはりあのおばさんの家に違いなかった。注文を聞きに来た年老いた女性も、おばさんではなかったし、男の子供時代の記憶にあるどんな人でもなかった。そして男が頼んだありきたりの料理も、あのおばさんの家とは結びつかないものだった。

男はプラスチックのプレートが仕切られた中に載った、安っぽく薄い肉や、申し訳程度の生野菜や、訳の分からない煮物を食べ終わると、食べた実感が湧かないままにその家を出た。出てみると外は家の中と同じくらい明るく、そして家の中以上に全てがあやふやで、確実に存在しているものなど一つもなかった。道路さえ途中で崩れているか、あるいは初めから存在していないようなその場所に、男はとにかく一歩を踏み出した。それからどこかにフラフラとさまよい出た。

独軍甲虫銃

僕はドイツ軍の兵士だった。僕たちは敗走を続け、とうとう自分たちの駐屯地まで退却しそこに立てこもっていた。アメリカ軍は各方面からトラックで乗り付け、攻め込んでくるはずだった。僕たちのいる兵舎は木製で、それは立てこもるには全く相応しくないことは誰が見ても明らかだった。死が迫っていた。少しでも長く生き延びる、あるいは万が一でも死を避けることができるためには、自分の持っている銃が唯一の突破口だった。しかし、僕の銃には弾丸が少なかったし、その上弾丸が発射しないことが時々あった。一人一丁の銃しかなかったから、それを使用するしかなかった。僕の死は他の誰よりも身近に迫っていた。

僕はせめて弾丸だけでも十分に持っておこうと、部屋の奥にあった棚の中を探した。その棚は小学校の教室の後ろに並んだランドセル入れに似たもので、その四角な一つ一つの中に弾丸が豊富に貯蔵されているはずだった。僕はその中に自分の銃に合う弾丸を探した。しかしそこには、僕の銃に合う弾丸がないだけではなく、まるで僕の運命をあざ笑うようにナットのようなものさえ箱にぎっしりと詰められて並んでいた。僕は端から端まで棚の中を探したが、僕の銃に合う弾丸を見つけることはできなかった。僕は自分の死が確実であることを悟った。

僕たちは死にものぐるいで反撃に出ようとしていた。それに対して、僕たちの立てこもった駐屯地に、アメリカ軍は恐ろしい数のトラックに兵士を満載して入ってくるのがすでに僕の目には見えていた。彼等の攻撃は徹底しているはずだった。僕たちが全滅するのはほぼ確実だった。僕たちはアメリカ軍のトラックが構内に入ってきてもすぐには攻撃せず、入ってくるに任せていた。完全に取り囲まれてから反撃に出るよう僕たちは指示されていた。その指示の目的が、僕たちの万に一つの勝利にどう繋がるのか僕には分からなかったし、僕は自分の状況からして他の誰よりも強く死を覚悟していた。

その時僕は小学校の時にタカちゃんに会ったことを思い出した。小学校の時にタカちゃんに会ったということは、タカちゃんは生き延びたということだった。大人になったタカちゃんは僕と同じ兵舎で銃を構えてアメリカ軍が来るのを待ち構えていた。この兵舎の中には大勢がいたから、すぐにタカちゃんを見つけることはできなかったが、タカちゃんがここにいることは確かだった。タカちゃんは生き延びたのだ。そして僕と小学校で一緒だったのだ。僕はタカちゃんにどうやって生き延びたのかを聞くことができるはずだと思った。そしてそう思った時、駐屯地の門から入ってきていたアメリカ軍のトラックの長い列が切れた。トラックは入りきったのだ。僕は弾丸が出ないかも知れない、そしてほとんど弾丸がなくなった銃を兵舎の隙間からトラックの方に向けて身構えた。

熱帯黒乳房

僕は父親と一緒に、父親の親しい女の家に泊まろうとしていた。女には二人の娘がいた。僕は初めてその家に行った上に、すぐにずっと上の階に上げられてしまい、父親は着くなり階下にいる女と一緒だったから、二人の娘のことは名前も年齢も分からなかった。しかし僕の記憶の中には、その姉の方の乳房に口をつけた事実が何の脈絡もなく突然夜空の月のように輝いて存在していた。姉も妹も色は白かったが、記憶の中のその固く張った乳房は熱帯の亜細亜人の持つ黒っぽいものだった。そしてそれは間違いなくこの姉のものだった。僕が口をつけたのは、快楽のためだったのか、乳を飲むためだったのか、どちらも正しいように思えた。

その部屋の窓から遙か下に見える大河は土色に濁っていて、そこを行く船の形も色も熱帯的だったから、そこはやはり亜細亜の熱帯域にあったのだろうと思う。その家は、壁の代わりに黒い色の細い縦の格子で全体が作られていた。その上、遙か下にある大河に向かって傾いていた。特に僕と二人の姉妹がいた階は、そのまま大河に向かって落ちてしまう不安が僕には絶えずあった。実際、その階は、傾いて危うく僕たちが奥に走ってバランスを取ったから、元にどうにか戻った生々しい記憶が僕にはあった。しかし、その記憶はこの部屋に入ろうとしたつい最前のことなのか、それとも黒っぽい膚の乳房に口をつけた時だったのか、はっきりしなかった。

二人の姉妹の母親が下から僕たちのいる階に上がってきた。その時は父親は相変わらず下にいて、妹も下に降りていていなかった。母親は普段着物を着慣れているようで、着崩したその着方に僕は着物しかなかった時代の女を見ていた。母親は、僕たち親子が今日寝る部屋をどこにしようか迷っていた。しかし、僕の父は姿を見せなかったから、それは僕一人が寝る部屋を決めかねているのだと、しだいにそのせわしない挙動から僕は理解した。僕は、父親と一緒でなければ、僕一人の寝る部屋はこの家に見いだすのはある決断がいるのがなぜだか理解できた。つまり母親の迷っている理由が理解できた。それは性的なことに係わる何かだった。母親は結局決めかねて、再び階下に降りていった。

「どこにしましょうか？　妹の部屋はどうかしら？」

母親が消えると、姉は襖で隔てた隣の部屋を指さした。そして僕の返事を聞かないままに、そして僕の方もどう答えていいか分からないままに、姉は襖を大きく開いた。妹の部屋だというその部屋の中は物が床に溢れていて、とても僕が寝られるスペースはなかった。姉は、妹の物を無理矢理押してそこにスペースを作った。しかしそれでも二人分のスペースは確保できてはいなかった。その時いきなりその階の床が外れて、ずっと下の大河に向かって倒れ込んだ。大河から遠い方の接続部分が外れたからだが、大河に近い方は蝶番でも使っているのかある傾きのところで部屋は止まった。

まるで鳥籠が傾いたみたいに、僕はほとんど横倒しになった格子の部屋の中で、ばたつく鳥のように慌てた。僕は間違いなく姉の黒っぽい乳房を、大人の快楽を感じながら吸ったと、その時思い出した。黒い格子にしがみついた真下を、熱帯航路の外国の大型客船が、玩具のような大きさで移動していくのが見えた。姉はその時どうしていたのか、隣の妹の物で溢れた部屋はどうなっていたのか、僕は玩具のような大きさの古い型の大型客船を見るのが精一杯で気が回らなかった。僕は蝶番が外れてこのまま下に落下する恐怖を感じて、這って浮き上がった方の端にいくと、記憶の中にあったように傾きのバランスを取った。それでどうにか黒い格子の鳥籠に似たその階は元の位置に戻った。

あの時姉は僕に黒っぽい乳房を吸わせながら言ったはずだ。僕は妹と同じ部屋に寝てはいけないと、確かに言ったはずだ。それが分かった時、僕は羽を開いて、この黒っぽい鳥籠のような階の部屋の中を飛び回った。そして父親も、父親の愛人らしい女も、あの黒っぽい乳房を持った姉も、その妹もいなくなって、僕だけがこの黒っぽい格子の部屋にいるのだと思った。

黒水蛭子

「人間には会えないかも知れないわよ」

「一人も？」

「ええ、一人も」

声の主はプログラムされたデータだ。理知的でソフトな女の声だが、誰か実在する女の声ではなく、僕の耳に最も心地よく響くパラメータを選んで作られたものだ。僕の体中の感覚器官の嗜好は完璧にそいつに読まれているから、全ての知覚の快感の極値は簡単に実現した。性器を頂点とする触覚はもちろんのこと、視覚も、味覚も嗅覚も。そして僕が最も好む感覚器官は聴覚だった。こうしてその時に届いた声は意味はどんなものであっても、もしかしたら意味は無くても、声のたった一音だけで耳の中にオーガズムの扉を開き、さらなる未知の快楽の奥へと僕を導くかも知れない、そんな声だった。ほんの微かに鼻声で、わずかに逆によじれ上がった羽毛の先で撫でるようなハスキーなその声。

知れないわよ、には、脅し、やさしさ、媚びが含まれていて、その三つがよじれながら表に出たり背景に隠れたりし、最後の、よ、の余韻が耳の奥に真珠色でぶら下がって揺れ、まだ消えずにいた。しかもこの一単語、一単語は乱数で選ばれたもので、それたにもかかわらず意味は必ず通るのだが、この言葉が発せられる以前になにかこれに見合う状況があったわけでは全くなかった。状況よりも前に言葉が発せられるのだ。その何の状況的背景も持たない突然の意味に、僕は適当に、一人も？　と言葉尻を合わせただけだ。状況はこれからこの短い会話に合わせて作られていく。僕の未来はどこに行っても、いつもこうやって生まれるのだった。しかもそれは僕だけの未来ではなかった。そいつによって派遣された場所で、僕を起点にした世界の未来がこれで開かれていくのだった。この乱数で作られた言葉によって、僕がたった一人でうずくまっていた洞窟の外に光が射すと、僕は立ち上がってその明るい方に向かって歩いていった。そうだ、この時までは僕は確かに人間だった。

洞窟の外に出ると目の前には黒い円鏡を置いたような湖があって、その黒い湖の向こう岸は巨大なシダ植物がびっしりと生えていた。そしてその少し先から巨大なシダ植物さえ遙か上から見下ろしている巨大鱗木の森が始まっていた。どうにか呼吸ができる大気はあった。二酸化炭素が多いのかも知れない。僕は本当はもう呼吸などしてはいなかったのに、そう思おうとしていた。そう思うように、そいつからコマンドが送られてきたに違いなかった。まだ人間だと思わせるために。

そいつはわし星雲の距離の遠い所にいた。そいつは文化と文明が発達した都市にいて、そこから僕にコマンドを送っていたのだ。その都市にはかつて僕もいた。僕はそいつと争って負け、そいつの機能に組み込まれて、あちこちに言葉から世界を作るために派遣されてきたのだった。ただ、派遣とはいってもうわべだけで、僕の力を怖れたそいつが、今度こそ僕を、六八〇〇光年先のここへ、島流しにしたと見る方が正しかった。

こうして僕はたった一人で六八〇〇光年離れた、これから言葉で作られる世界に入ろうとしていた。最初の声、人間には会えないかも知れないわよ、と、それに対する僕の応答、一人も？それらが僕を起点にしたここの世界の始まりの言葉だった。つまり状況は言葉が作っていくのだ。洞窟を出た僕は黒い鏡のような湖の向こう岸に渡るために、そこにあった古い丸木舟を漕ぎながら、ええ、一人も、と言う女の最後の断定が、僕自身もそこに含まれていること、つまり僕自身も人間ではないこと、その証が僕が今なりつつあるものだと徐々に理解していった。丸木舟が向かっている向こう岸は、もちろん人間はおろか、どんな下等動物さえも存在していない、植物だけの世界だった。このシダ植物と鱗木だけの世界が、つい先ほどの会話で作られた世界だったのだ。

僕が向こう岸に着いた時には、僕は黒い羊羹に似た闇の塊になっていた。そして岸辺で揺れる丸木舟から這い上がり、僕は体を伸び縮みさせながらシダ植物の間を縫って奥に進んだ。そいつのコマンドは僕の体の黒い羊羹のような塊の中には入れなかった。これが僕の核だったからだ。

なにも通さない黒い核。六八〇〇光年向こうにいるそいつが怖れていたものはこれだった。この黒い核は、文明も文化も、全てを無にしてしまうからだった。

やがて夜が訪れ、黒い羊羹のような塊である僕が、同じ黒い羊羹のような夜の闇に包まれると、僕は一匹の黒い水蛭となって一本の鱗木に登り始めた。鱗木の上には月が出ていた。僕は子を宿すために月の光を浴びながら鱗木の頂上で眠った。そして僕は夢を見た。夢の中で僕は人間のいる世界を一気に終わりまで駆け抜け、新たな言葉を自分の子のために求めた。

新婚競技列車

僕は故郷の田舎に帰っていた。彼女を連れてそこで父親に彼女との結婚を認めさせ、そのまま彼女と旅行に出かけるためだった。彼女を結婚相手として父親を説得するためには、二つの問題があった。まるでその二つの問題を象徴するような僕と彼女の友人たちも、僕の故郷にやってきていた。

第一の問題は、その背景は全く分からなかったが、ある古いアナログのオーディオ装置をデジタルで動くようにしなければならなかった。ピックアップが捕らえたアナログ信号をどうやってデジタルに出来合いの変換器を追加することで実現するかという問題だった。それには僕の友人たちが助けになった。僕の友人たちは全員がなぜか老人だった。彼等は、いっこうに始まらない披露宴の時間つぶしに、山間の道を駆け抜ける競争に興じた。そのうちの一人で僕がオーディオの技術では群を抜いていると思っていた男が、信じられないダッシュ力で一番になった。そしてその男がこの技術的解決方法を知っているに違いないと僕は思った。それにこの問題の解決は、僕一人でも予測がついていて、あとはこの男の前でその方法を述べて最終確認をすればいい所まできていた。

思うだけで体の芯を広げさせ、広がって中空になった芯に入り込み熱くして溶かす、そんな魅力を持つ彼女は、僕の父親を手玉に取った。僕の見ている前で父親に、猫が主に身をすり寄せ、体ごと絡ませるように戯れたのだ。それで父親は彼女を気に入ってしまった。僕が彼女と結婚をしたいと言いさえすれば、父親は喜んで許してくれる段階まで彼女は父親を持ち上げてくれた。それで第一のオーディオ装置の問題は儀式的なレベルにまで落ちてしまった。

僕は第一の問題について、恐ろしい駆け足のダッシュ力を持つ老人の友人の前で、口頭試問の練習をし、僕のあまりにも光変換器に関する原理的な言及が返って答えを間違った方向に導いてしまう指摘をその男から受けた。そのおかげで僕は第一の問題を完全にクリアできる自信を持った。

第二の問題は、父親がその存在すら知らない問題だった。僕が父親にそれが第二の問題であることを教え、その上で父親を僕一人で説得しなければならなかった。彼女はその問題に力になることはできなかった。それは彼女には精神的な病があるという問題だったからだ。披露宴に呼ばれた彼女の女の友人たちのうちの一人は、そのことを友人たちの中で誰よりもよく知っていて、僕がどう父親を説得するつもりなのかを興味津々でうかがっていた。僕はその彼女の友人と以前に何度か会ったことがあって顔見知りだった。

彼女の精神的な病のことを知らない父親は、まるで自分が彼女と結婚するように喜んでいた。そして僕が結婚したいと言い出すのを今か今かと待っている感じさえあった。しかし僕は彼女の精神の病の問題を、父親の心を今の状態に保ったままで通過させる自信は全くなかった。父親は結婚に反対する以前に、ひどく落ち込んでしまうだろうことは明らかだった。こうして僕はそのことを父親に話すことができないまま、第一の問題のことなどすっかり忘れて、披露宴もしないで、旅行の列車の中から、大勢の男女の友人たちの見送りを受けた。

列車が走り出すと、第二の問題を知っているあの友人の女の子が一緒に走り出した。そして走りながら、しきりに僕に何かを言おうとしていた。しかしその女の子の声は、列車の中までは届かなかった。列車の外を走っている友人の女の子は僕の意識の大半を占め、隣にいるはずの彼女はほとんど消えかかっていた。

新婚浮遊人体

彼女はたくさんの男を渡り歩いてきた。その肉体は、フォークで持ち上げると、血の滴るレアーのステーキのように魅力的だった。そして彼女の心の芯には、絶対に折れない水晶でできたロッド状の知性が光っていた。多くの男たちが彼女との結婚を望んでいたのは当然だった。僕もその中の一人だった。そして一体どういう巡り合わせなのか、その彼女が僕との結婚を承諾したのだ。僕は天にも昇る気持ちで、いや実際すでに天に昇っていたのかも知れない、南太平洋の島の新婚旅行の準備をフワフワしながらした。

その旅行代理店はどこか変だった。まるでバラック建ての廃工場の二階のようながらんとした場所に、安手の折りたたみ机を一つだけぽつんと置いて、店員がたった一人座って、僕の新婚旅行のスケジュールを立てていた。僕はその安手の折りたたみ机を挟んで店員に向かって座り、質問に一つ一つ答えながらスケジュールができていくのをニヤニヤしながら見ていた。飛行機の便名や現地のホテルの名前が店員の口から発せられると、もうすでに、南太平洋の島の風と海と椰子の影が膚に感じられ、そこへ彼女と行けるよろこびに僕は身も心もフワフワと浮いていた。

しかし、代理店だけではなく、その店員もどこか変に見えてきた。初対面のはずなのに、僕のよく知っている男のような気がして仕方がなかった。昔の僕の仕事仲間の一人に顔も、人なつっこい言葉遣いもそのままだったのだ。その男は年も僕に近く、技術者としてのレベルは低かったが、僕は嫌いではなかった。その男そっくりだった。しかし、旅行のスケジュールは順調に決まっていったから、僕は変だとは思いながらもよろこびの方が遙かに大きかったので気にはしなかった。なにしろ、多くの男が望んでいたあの彼女との新婚旅行が始まろうとしているのだから。

その時突然、その旅行代理店の別の誰かが僕に電話が入っていますと言って、僕の背後から受話器をさしだした。僕は電話に出た。その電話は過去からの電話だった。昔僕が主任をしていた時に納入したシステムの一部が故障して、システム全体がおかしくなっているという連絡だった。僕はこれだけの電話の内容を理解するのにひどく時間がかかった。目の前では、新婚旅行のスケジュールがどんどん決まりつつあって、僕はそちらの方の声も聞かなければならなかったからだ。今、僕がこの場を離れてその工場に行くことはできなかった。そんなことをしたら、彼女との新婚旅行はだめになってしまうのは目に見えていた。

電話口では、いつ修理に行くか僕の回答を待っていた。その一方で新婚旅行のスケジュールもできあがって、その店員は僕の最終チェックを待っていた。その時、僕の記憶の中からあのシステムのその故障した部分の実際の設計者の顔が浮かんだ。非常に若いしかし優秀な部下の顔だった。僕は電話口の相手に、その部下の名前を言って、まだ昔のままの彼に直接電話をするように言った。そうするしかなかったのだ。僕は彼女を失うことはできなかったし、第一今は電話の向こうに比べて未来で、僕はそこに行きたくても行けなかった。ただ電話の相手には、こちらはそちらの未来だから行けないとは言えなかった。

こうしているうちに、状況はよりはっきりしてきた。電話は客先ではなく、僕自身が昔勤めた工場からのものだった。僕は自分の工場のためにラインのシステムを開発していたことが記憶から甦ってきたのだ。そうであれば、ますます電話の用件はそれで済んだはずだった。しかし受話器を持ったまま、僕は電話を終わらせることができなかった。彼女が僕から消えようとしていたのだ。僕は今何をしているのか分からなくなった。闇だ。全くの闇だった。僕は浮遊したままバラバラになろうとしていた。

乳首施錠女神

彼女は百人の赤ん坊に乳を飲ませた。そして今は、運命に逆らうために彼女の乳首には錠が下ろされている。乳首を錠の輪が貫いているから、赤ん坊はもちろん、男でもそれを口に含むことはできない。運命は過酷で、彼女はそのために細い体に筋肉をつけねばならなかった。

過酷な運命を肩に載せて、上空に押し返すためには、繊細な美では間に合わなかった。今は百十一人目の赤ん坊を産むことはひとまず中止して、運命を上空に押し上げることに力を使わねばならなかった。その決意の表れが、乳首に下ろした錠だった。そして彼女は運命を肩に載せて、青空の場所まで押し上げた。筋肉は悲鳴を上げたが、とにもかくにも彼女は押し上げていた。それを見て、盛った男も、盛ったままではいられなくなった。萎えてしまって、こそこそと逃げ出したのだ。こうして、百十一人目の赤ん坊は、しばらくは産まれなくなった。

運命は過酷だった。少し気を許せば、肩に乗った運命は、今からでも彼女を一気に押しつぶしただろう。しかし乳首に下ろした錠の決意は、絶対に弛むことはなかった。太陽は彼女が振りまく無数の汗の中に小さく宿って、虹色を周囲に放散し、彼女の声は馬のいななきとなって、あらゆる地上の洞穴の中の黒い羊羹のような闇を震わせた。そして黒い羊羹のような闇の中で彼女のいななきは白い矢印の亀裂となって震え、地上のあらゆる洞穴は力の音楽で満ち渡った。色は、赤、青、緑が透明な彼女の肉体の中で、湧き上がる雲のようにもくもくと広がり、それは地上のあらゆるものの原色になった。こうして地上の音楽も地上の絵画も、彼女の所有になった。

しかし運命は過酷だった。彼女は自分が作り出した音楽や絵画を楽しむ余裕はなかった。そんなことをすれば、運命は彼女をあっという間に押しつぶしてしまっただろう。生殖も美も、彼女にはひとまずお預けになった。絶対的な運命と闘うために。今まで誰も勝利したことのない絶対的な運命に、彼女一人が勝利するために。

黒豹緋性器

そこには黒豹と彼女がいた。彼女はベッドの中で死ぬ間際だった。黒豹はベッド脇の檻の中にいて、その檻の出口は彼女のいる部屋の壁を貫いて外に向かっていたが、出口の鉄格子の扉は閉まっていた。僕は彼女の手を握っていた。黒豹が太い鉄の檻の中に入ったまま、ベッド脇にいることは分かっていたが、彼女が死のうとしているのだ、そんなことにかまってはいられなかった。部屋にはもう一人いた。医者だった。医者はこう言った。

「この方はもう助かりません。お若いのにお気の毒です。今すぐに決めていただきたいことがあります。この方が死んでおしまいになる前に、決めなければなりません」

僕は思い出した。そうだった。医者はそのために呼んだのだ。医者は言うべきことを言った。

「この方の体のどの部分でも一つ、黒豹の体の一部として残すことが許されています。その場所をあなたに決めていただかねばなりません。一刻を争います。死んでおしまいになったら、それはできなくなります。さあ、おっしゃってください、この方の体のどこをこの黒豹の体に移しましょうか?」

僕はヴァギナを指定した。フランスパンはまずバケットから始まる。ヴァギナを選んだのはそれくらい当たり前のことだった。医者は頷くと、僕に家の外に出て待っているように言った。

家の外に出てみると、黒豹の入っている檻の扉は家の外に向かって開いてはいなかった。僕はもっとよく見ておくべきだったと後悔した。それはこの家の別の部屋に開いていたのだ。しかし、今家の中に戻ることはできなかった。医者は彼女のヴァギナを黒豹の両後ろ脚の付け根に移している最中のはずだった。僕が入っていったらその作業は中断し、悪くすれば失敗してしまうかも知れなかった。何しろ僕にはその移す方法が分からないのだから、僕のイレギュラーな行為はどんなことであれ慎まねばならなかった。不安は僕を怖じけさせていた。

ガタンと音がした。僕は玄関の側にいたのだが、音は家の裏でした。僕は急いで家の裏に回った。そこで僕が見たものは、家の裏の戸が医者によって開かれ、すでに黒豹は後ろ姿を見せ、その先の原野に向かって逃げていくところだった。僕は黒豹の両後ろ脚の付け根が、そこだけが緋色に膨れあがっていることを見逃さなかった。僕がすることはすでに僕の体によって決められていた。体がそうする様に動いてしまっていたのだ。僕は扉を開いている医者の下に駆け寄り、医者がさしだした弾が装塡してある二連の猟銃を受け取ると、そのまま黒豹の後を追った。目的は一つ、緋色だった。

両性具有的化粧室

そこはクラス会のはずだった。しかしそこに集まっているのは見知らぬモデルのような女たちばかりであることも、彼女たちが夜会のような姿に着飾っていることも、なによりも場違いな僕がそこにいるのも、僕には全く違和感はなかった。ここがクラス会ではないとしても、僕がこんな場所に相応しい職業をしているとは考えられなかった。あらゆる意味で僕はこんな場所にも、モデルのような彼女たちにも無縁だった。その一方で僕がここで彼女たちに混じって、クラス会の気安さで話しかけ、話しかけられていることに全く違和感はなかった。確かに僕は気安く話しかけ、気安く話しかけられていたが、そしてその話しかけられぶりも、話しかけぶりもクラス会のような和やかさと楽しさがあったが、一体どんな話をしてそうなのかは全く曖昧だった。こんなモデルのような彼女たちと共通の過去があるとはとても思えなかった。ゴージャスな夜会服のファッションショーの控え室で、少しくつろげる時間があるから、みんなでワイワイ、ガヤガヤやっている、少なくとも彼女たちはそんな感じだった。

僕はトイレに行きたくなった。それでその華やいだ会場を出た。トイレは会場よりも階段を下りた下にあったが、フロアーが違っていたのではなかった。そこはその会場専用のトイレのようだった。それでも階段を下りてトイレに着いたときには、会場の熱気と喧噪は消えていた。僕はいくつかトイレが並んでいる、小さな部屋の中に入った。そこもファッショナブルな感じで、すでに何人かの女の子たちが並んで待っていた。僕はその様子を一目見ただけで、また元の階段を上がった。並ぶことを考えると、我慢した方がいいと思ったからだった。

また元の会場に入って、元のような時間がそこで過ぎていった。相変わらず、そこで交わした会話は曖昧だったが、楽しく和やかな時間が過ぎていった。女の子たちの顔にやはり見覚えはなかった。男はたぶん僕一人だったと思う。しかし僕はこのファッションショーの控え室のような場所で、彼女たちの化粧をしたり、着付けを手伝ったりしているわけではなかった。あるいはクラス会の会場で食べ物や飲み物の世話をしているボーイでもなかった。僕は動き回ったりはせず、彼女たちと親しげに楽しげに話していた。その点ではここはファッションショーの控え室ではなく、クラス会の会場だった。そのうち僕はトイレに再び行きたくなった。今度は並ぶ覚悟だった。

構造のよく分からない下ったところにあるトイレの小部屋の中にもう一度入ると、そこはさらに下に下りていて、五つばかりあるトイレは下りた場所から再び少し上がった所に横一列に並んでいた。その部屋の作りは白っぽいロココ調で、それは会場の作りをさらにいっそう強調していた。少し高いところに五つ並んだトイレは、海岸の遊歩道にあるような波紋状の階段を十段くらい上ったところにあった。下から見上げると背の高さのところに、中央にピンクっぽい灰色の長方形の入れ子模様がついた白い木の扉が横に並んでいた。それがトイレの個室の扉だった。どれも使用中だった。そして五つの各トイレには、女の子の列が遊歩道に似た階段の下にできていた。僕はどれにしようか迷った。よく見ると、その扉の幅は一つずつ違っていたからだ。

並んでいるのは全員が女性だった。ちょうど僕がその部屋に入るために階段を下りていたとき、入口に近いトイレから出てきた女性がいて、僕はそのトイレの中を覗くことができた。狭い空間に緻密なロココ調デザインの、金属の花模様で縁取りした鏡付き化粧台が置かれ、その他にも上半身を整えるためのいろいろな設備がぎっしりと詰まっていたが、トイレそのものは見えなかった。その設備の充実さは、高級シティーホテルのバスルームの全設備が、人一人が入れる空間に詰まっていそうな感じだった。僕は迷った末、一番奥にある、扉の幅が一番狭いトイレに並んでいる列の最後尾についた。列が短かったからではなく、実際短かったが、僕にたくさんの設備は要らないと思ったからだった。女性たちは階段の下の壁にくっつくようにして列を作っていたから、階段を含めてトイレとの間に広いスペースが空いていた。そこには列さえもロココ調でまとめようというのか、女性らしい秩序があった。少し壁にくっつきすぎだなと僕は思ったが、僕もデザインに従って並んだ。

いよいよ僕が次の番に回ってきたとき、突然サラリーマンふうの男たちがどやどやと入ってきた。彼等はあの会場の仲間ではなかった。そしてファッションショーに関係があるようにも見えなかった。男たちは僕の並んでいる扉の一つ隣の扉にくっつくように列を作って並んだ。その列は長く、僕の目の前まで階段を使って降りてくるとそこで向こうに曲がって、この部屋の入口の外まで延々と続いていた。こうして男たちの列が邪魔をして、僕の番が回って来た時には僕の視界から一人の女性の姿も見えなくなってしまった。

玻璃髑髏

求心的な恐怖の感覚が常にあった。場面の出来事はその恐怖が逆に作り上げたものだった。出来事があって恐怖が生まれたのではない。その逆なのだ。恐怖があってそれに相応しい出来事が生じたのだ。

求心的な恐怖がしっかりと背後にある場面。場面を作り上げる目的は僕に恐怖を与えることだったのだから。ここでは僕の表現は落ち着いていることはできない。この数行でさえ、すでに混乱している。ここの始まりは理知ではない。闇とカオスだ。言葉で落ち着いていることなどここではできない。

それはガラス製の髑髏だった。テレビに映っている数年前につきあっていた女が、そのガラス製の髑髏にテレビ画面を使って女の憎悪を送っていた。つまりここにあるのと同じガラス製の髑髏は他の場所にもたくさんあったということだ。女にはたくさんの男がいたのだから。テレビのセットと同じくらいにたくさん。そしてこの家にもそれがあった。テレビもガラスの髑髏も。

テレビ画面から放射してくる彼女の憎悪が、透明なガラスの髑髏の中を曇らせ始めていた。その家で、先ほどからテレビの方ではなく、ガラスの髑髏の方をじっと見つめていたのは、僕だけではなかった。もう一人別の男がいたのだ。しかしその男との関係は僕は直接は何もなかった。ただ僕もその男もその女と昔関係があったというだけで、たまたまそこに居合わせたにすぎなかった。そのもう一人の男は、曇り始めたガラスの髑髏を非常に怖れていた。

ガラスの髑髏の中の白い靄はやがて招き猫になって、おいで、おいでの手の動きを始めた。そのときになって僕は初めて、男の恐怖の内容が理解できるようになっていた。女は憎悪の相手をこのガラスの髑髏の中に呼び入れようとしていた。一旦そこに入ったら、二度と出てくることはできない恐怖だった。女の憎悪を溜め込んだガラスの髑髏の力は強く、どんな男もその力には逆らえなかった。男は、「僕はストーカーなんかじゃなかった。死ぬのはいやだ！」を繰り返し、部屋の隅でブルブルと震えていた。

しかし僕は確かに彼女の憎悪の相手だった。彼女の誰にも知られてはならない秘密を知って、それを物語にして出版したからだった。それは彼女のことであることは分からないように書いたが、彼女が読めば自分のことであることは明らかだった。時も、場所も、人種さえも彼女とは違っていたが、彼女の秘密の内容はそのままだった。だから僕は彼女の憎悪の相手に違いなかった。

しかし部屋の隅で震えている男は髑髏の中に吸い込まれなかった。テレビに映っている女はずっと憎悪を込めた念を送り続けていて、髑髏の中の白い招き猫は、おいで、おいでを盛んに繰り返していたが、男は結局吸い込まれなかったのだ。男はおそらく彼女に許されていたのだ。もしこの男が秘密の外の彼女のストーカーだとすると、僕は彼女の秘密の中に登場するストーカーだった。もしそうなら、彼はむしろ彼女の犠牲者だった。女がしたことを理解できないまま、女を愛したその男が、ストーカーになってしまうのは当然だった。しかし僕はそうではなかった。僕は彼女の秘密を知っていたからだ。僕は間違いなく彼女の憎悪の相手だった。僕はぞっとした。死は避けられないと思った。

僕が彼女の秘密を知っている唯一の人間だった。もう一人の男はただの犠牲者で、一体何が起こったのか全く分かってはいなかった。だからガラスの髑髏は僕を殺すために準備され、いったいどういうふうにしてか、僕は見知らぬ家の中で、テレビから念を送り続けている彼女の憎悪をその髑髏から受けることになったのだ。彼女の秘密を知った数年前の出来事が、僕の記憶の中でもう一度最初から繰り返されようとしていた。彼女は念の力で死刑の前に僕の罪の意識を再確認させる段階にあった。そしてそのことは、お前の死は当然なのよと、覚悟させる段階でもあった。僕は求心的な恐怖の底で死を覚悟した。

しかし僕は、ガラスの髑髏の中の白い招き猫のおいで、おいでを見ているうちに、死の恐怖と覚悟の中に、救いのようなものがちらつき始めているのを見た。それはもう一度彼女と同じ過去を繰り返すことができるよろこびだった。そこでは過去が何度でも繰り返されるのだ。たとえこの恐怖に最後にはたどり着くにしても、女との過去がもう一度繰り返されるのだ。僕の罪の意識とは、ほとんど女への愛と同じだった。僕は死刑執行台にあるに違いない女の憎悪の刃物の前に胸を開いて、白い招き猫が手招きするガラスの髑髏の中に吸い込まれていった。

高位金色罪

同僚が一人のユーザーから、開発した製品の不具合を指摘された。その同僚は僕とはグループは違っていたが、技術者としてのレベルが高く僕は尊敬していた。薄い肉の顔に眼鏡を嵌めていたが、この種の顔にありがちな神経質さは少しもなかった。同僚は温厚で人間味に溢れ、技術者としても人間としても周りからの信頼が厚かった。その同僚がユーザーから訴えられたのだ。

訴えた男は会社に乗り込んできた。そしてその証明をするからということで、関係者全員が会議室に集められた。訴えた男は一見して相当の技術マニアだと分かった。その男はおかしな黒っぽい装置を脇に置いて説明を始めた。僕は直接の関係者ではなかったが、その会議室で背の高い痩せた色黒の男の説明を聞いた。男は終始陰気だった。

それは回路の発振の問題だった。男の説明は、理に適ったものだった。虚数の係数が負になることを陰気な男は僕たちの前でホワイトボードに書いて説明した。それは設計時に、同僚だったら検討済みのことに僕には思えた。ただ、僕の経験でも虚数の係数が負になっても、必ず発振するわけではないから、同僚はそのまま設計を進め、製品に使ったのだろうと僕はその時までは同僚の側に立っていた。

陰気な男はホワイトボードでの説明を一通り終えると、持ってきた装置を動かし始めた。その装置は回らない扇風機をもう少し黒っぽくかつ重装備にした形をしていた。その装置の説明は何もなかったが、僕は、おそらくこの場で男の話を聞いた全員が、この回らない扇風機に似た陰気な装置から出てくる結果で、問題の回路が発振してしまうかどうかが分かると信じ切ってしまっていた。いや、それが陰気な男の悪魔的な何かによるのか、それとも技術的にそうなるのか、そんな問いを与えない力で、僕は、僕たちは、その装置の口から出てくるものに注目していた。やがて装置の口から一枚の黒い紙切れが吐き出された。結果はやはり発振するだった。

場面は一変した。そこは教会だった。教会の中ではさっき会議室の中で男の話を聞いていた全員が一心に祈っていた。場面が変わったことに対する僕たちの違和感は全くなかった。心の中では会社の会議室と教会は連続していたのだ。僕たちは会議室のことがあったから一心に祈っていた。僕たちは祭壇に向かって祈っていたが、その同僚だけが、僕たちとは離れ、右手の壁に作られた高い場所から両手を合わせ、片膝をつく姿勢で必死に祭壇に向かって祈っていた。同僚は同じように祈ってはいたが、僕たちの祈りと、同僚の祈りはレベルが全く違っていた。同僚は、金色に輝く高みに張り出した席で一人、祈りの合間にチラチラと見る僕たちの視線に晒されて必死に祈っていた。

黒豹系統樹

「僕を、自分のために私生児にすることを前提で産んだ男の子として、あるいは君の体を手に入れようと下心も露わの贈り物をする憎めない男として、それとも君の体にとって安全な枯淡の老人として、その三つのどんな形でもいいから僕を愛してくれないか？」

「そんな愛であなたは満足できるのかしら？　なんだか罠が一杯ありそう」

「そんな愛でも何も決まらない今よりはいい」

「安全で尊敬できるオジーチャンとしてあなたを私が愛したとしたら、今度は下心満載の男として愛して欲しいときっとあなたは言い出すに決まっているわ」

「もちろんだ。僕は欲望で飛んでいる鳥だ。欲望がなくなった時は地上に落下するしかない」

「そんなことなら、私がどの状態を選択しようと今のどっちつかずの状況と少しも変わらない」

「変わるさ。君に対する欲望は今よりも三分の一だけ減るからね。少なくとも一つは具体化したんだから」

「じゃ、三つ全部として私はあなたを愛してみようかしら」

「君の正体がそろそろ現れてきたな。僕が知りたかったのはそれだ」

「騙したのね」

「騙しちゃいない。君とちょっとした言葉のじゃれ合いをしたかっただけだ。獣同士としてね」

「獣？　あなたは鳥じゃなかったのかしら？　獣で鳥。まあ、いいわ。一体どんな獣が私の正体だっていうのかしら？」

「君は自分以外には誰も君の体を愛させない。心はできれば万人に愛させようとしているとしても体だけは誰にも愛させない」

「私は臆病じゃないつもりよ」

「臆病？　一体君のどこに臆病なところがあるというのだろう？　君は悪魔のように大胆じゃないか？　そして日常の気づかなければ見過ごしてしまうところでは天使のように優しい。君の優しさは人間の日常に身を隠した天使のように秘されている。君はもちろん臆病なんかじゃない。君の中には男が居て、君の体を封印している。愛したとすれば必ず開くことになる君の体のあらゆる場所に錠を下ろして封印している。君の体はすでに完璧に君の中の男のものだ。そんなふうに錠をジャラジャラと下げているその完璧さは、皮肉にも金属で飾った外向きの美しさにまでなってしまっているけれど。完全に矛盾だね」

「何が矛盾なのかしら？　でも面白い意見ね。あなたが言いたいことはこういうことかしら？私は私自身の中に男性が居て、私の肉体を愛しているから、もう外部のどんな男にも肉体の愛を与えることはできないと。その私の中にいる男が私の体の至る所に錠をして開かないようにしていると」

「その通りだ」

「おかしいわね。あなたこそ矛盾があるわ。……、じゃ、いいわ、私にとって安全であるが故に愛することができる子供としてあなたを愛してみようかしら」

「君にそんなことができるかな？　自分の中にいる男を産むことによって外に出す空想をしたとき以外には子供など一度も欲しいと思ったことのない君に。一人で黒い毛皮のコートを着て歩いている姿が、絶えず君の内部の男との疲れを知らない交接の現場である君に。歩いている君の姿を見るだけで、男はとても平静ではいられないエロティックな君なのに」

「尊敬できる枯淡のオジーチャンも今を盛りに盛るのね。そっちも愛してみようかしら」

「告白すれば、僕は、人生でたった一人でありながら常に男女の愛の幸福と歓びに満ちあふれている君に嫉妬しているのだと思う。さあ、これで言うべきことは言い尽くし、振り出しに戻った。もう一度最初から始めよう。君の内部にいる男を産んで外に出したその私生児としてでも、下心を詰めるだけ詰め込んで君に贈り物をする男としてでも、枯淡の中で奮い立って盛ったオジーチャンとしてでも、どんなふうでもいいから僕を愛して欲しい」

「できないわ。でもあなたが言う三種類の男性に対してじゃない。それならまだ許せるわ。どれもかわいいもの。でもあなたがまだ、私に対してはネガティブな作用しかしないと気づいていない、あなたのある部分が生理的に私はだいっ嫌いなの」

「もっとわかりやすく言って欲しいね。僕はこれでも精一杯僕自身を開いているつもりなんだから」

「言葉で全てがわかり合えるものじゃないわ。まして愛のことだもの。あなたには決して入れない場所が私にはあるわ。私はそこからあなたを見ていることにあなたは気づいていない」

「それはどんな場所なのだろう？　それもやはり言葉では表せないものなのだろうか？」

「私たちの系統樹の中にある場所」

「私たちの系統樹？」

「あなた方の言葉で言えば、黒豹の系統樹と言えばいいのかしら？　そこには私と私の最も愛するたった一人の近親の男だけとの場所があるわ。あなた方なんてまるで関係のない場所よ。黒豹だけが登ることができ、あなた方人間には絶対に近づけない木の上の場所」

抱擁過熱未来

僕の彼女に対する殺し文句は「君と融合したい」という気障っぽい少し浮ついたものだった。でも僕はこの言葉で彼女を落とす自信があった。

で、僕はベッドの上で彼女を抱きしめていたのだが、そのうちに、接触していた鼻も、乳房も、下腹部も、大腿部も、膝も、つま先も、彼女の方から僕の方に食い込んできた。僕の肉体は粘土のように柔らかくなって、彼女の体の接触部を僕の方が凹みながら徐々に受け入れていった。そしてそんなふうにして、彼女の体を受け入れるだけ受け入れてしまうと、彼女の体はすっかり僕の体の中に入ってしまっていた。頭の先からつま先まで、彼女の体は完全に僕の体の中に入ってしまっていた。「君と融合したい」という一言は殺し文句であっただけではなく、言葉通りの完全な融合だったことがその時になって分かった。僕は彼女を本当に愛していたのだ。彼女に食い込まれてみて、初めてそのことが分かった。僕は快感で思わず呻いていた。そしてあたりが僕の快感の絶頂が吐き出す真っ白い泡で満たされても、まだ彼女はゆっくりと僕の体の中を動いていた。やがて彼女は僕の体を通過して、僕の体の外に出ていた。僕はまだ快感の最中にあって体のコントロールが効かなかったが、彼女が僕の背中の側に突き抜けたことは分かった。

気がつくと僕の体は壊れていた。それでも意識を持つことができたのは不思議だった。僕の背中の方にいた彼女は、そこでどうなっているのか、完全体なのか、それとも僕のように壊れているのか見たかったが、体がいうことを効かなかった。僕がこんなふうに体がバラバラになっているのだから、彼女の体も同じようにバラバラだったとしてもおかしくはなかった。しかし体がバラバラになった僕は、後ろを振り向くことがもはやできなかった。わずかに臀部の所に彼女の臀部があたっている感触があるだけだった。この状態で僕たちは固まっていくのだと思った。体がバラバラになった空間には、僕の絶頂の証拠の無数の泡が白いままに固まりつつあった。こんなふうでも僕は僕という意識を持っていたし、彼女もわたしという意識を持っていたのだろうと思う。その状態のまま、僕たちは互いの裏側に出て、固まっていくのだった。

ほんの十数分前、僕は彼女の体を愛撫した。彼女も僕の体を愛撫した。そしてその記憶を持って、僕たちは互いの裏側に突き抜けたのだった。そして臀部だけを接触させて僕たちは固まっていく。僕たちは死を迎えつつあった。しかしその死と同時に、信じられないことが起こった。彼女がいきなり起き上がったのだ。彼女一人だけがベッドの上から起き上がったのだ。僕はベッドの上で固まったまま動けずにいた。それでも僕は自分の状況が少しずつだが分かってきていた。それはこれまで僕が考えていたものとは全く違っていた。

それはおそらく初めから運命のように決まっていた僕たちの理想の融合の形だったのだ。僕の肉体はすばらしい絶頂を迎えた快感の果てに、彼女の肉体の中に溶け去ったが、僕の僕という意識は彼女の肉体の中に留（とど）まっていた。彼女のわたしという意識は、僕の僕という意識が彼女の体を突き抜けた時に、命と刻印のある刃物で殺したに違いなかった。なぜなら、起き上がった彼女の肉体は、僕の意のままに動いたからだ。僕はまず乳房に触れた。次にヴァギナに触れた。僕の吐き出した泡は、自分のものとなった彼女の肉体に欲情した結果だった。僕はそれを望んでいたし、彼女もそれを望んでいた。僕たちはそれぞれの過去を透明に個体化して死を迎え、僕たちの生の未来は**僕の心**を宿した**彼女の肉体**となってその先へと開かれていた。僕たちの前に広がる未来は、どこまでも透明だった。

僕は彼女の肉体の動くことによって外に開くあらゆる箇所に錠を下ろして回ると（無数の錠は彼女の肉体は僕以外の誰のものにもなることはなく、未来永劫僕だけのものであることを外に示す錠だ）、延々と広がる透明な中に、僕は彼女の肉体で一歩を踏み出した。

最終家族旅行

それは家族旅行だった。泣きたくなるほどに家族の温かさと情愛に満ちた空間が旅館にも、移動のバスの中にもあったが、家族の顔は見えなかった。バスは貸し切りだったから、誰も余計な人間は乗り込んでは来なかった。旅館はそれほど立派なところではなかったし、大部屋で殺風景な部屋だったが、家族の温かさと情愛に満ちた空間は、そんなことを気にさせなかった。そしてその旅行も終わりに近づいていた。

バスの運転手は信頼のできる男だった。小柄で髪が薄く短く、頭から顔にかけて皮を剥いばかりの生栗のような印象があって、どこかで見た男のような顔つきだったが、僕は思い出せなかった。家族は顔も姿も靄のような感じだったが、この男の顔ははっきりと見えた。僕たちは旅が終わることにかすかな悲しみとあきらめとまた始まる日常への緊張感を抱えて、帰りのバスに乗り込んだ。

バスの座席は貸し切りなのに、乗り合いバスのような座席の配置で、座席は進行方向を向いたものが両側に一列ずつあるだけだったから、僕たちはバラバラになって座っていた。どこに父がいて、どこに母がいて、どこに妹がいて、そしてまだいるはずの家族は誰で、どこにいるのか、はっきりしなかった。僕はそのことはそれほどおかしいとは思わなかった。家族がいるという実感は靄のようになってバスの中に満ち渡り、僕を幸福にしていたからだ。ただ、かすかな心の痛みは、これで楽しかった旅行も終わってしまうことだった。

バスの運転手は長い旅行の間も、僕たちの旅行の世話をし、冷静沈着で全てを任せていい男だった。バスは着実に帰りの道を進んでいた。道の両側にバラックのような民家が隙間なく並ぶ村に入った。道は未舗装だったがゴミ一つ落ちていないきれいな赤土の道だった。道幅はかなり広く、バスは大きなカーブにさしかかった。村の中にあるカーブだったが、道路には村人の姿も他の車も何もなかった。その時、カーブに入る直前でバスの運転手がおかしくなった。バスはいきなり加速したのだ。あり得ないスピードで、バスはカーブに突っ込んでいった。僕には運転手の常軌を逸した顔がなぜか正面から見えた。バスは僕の予想通りカーブを回りきれず、バラックのような家を押しつぶして、家の裏側にあった河に突っ込んでいった。河は濁流が台風の後のように岸から溢れる寸前だった。バスはそこに突っ込み濁流に浮いて流されていった。

バスはすぐに沈んでしまうだろう。このすぐ下流には、滝が、……と思って、僕は想像するのを止めた。想像はそのまま現実になる恐怖があった。とにかく早くバスのガラス窓を割って外に出なければならなかった。僕は家族みんなにバスの外に出ようと言ったが、個別の家族の顔はそれでも曖昧だった。その時、僕の目の前に座っている男の顔が目に入った。この時もなぜか真正面から見えた。彼は会社の男で、一緒に仕事をしたことはなかったが、嫌なやつだった。彼は何かを必死に書いていた。彼は状況が怖くて、書く方に神経を集中して今の出来事を無視しようとしていた。僕は彼の肩に手をかけて、彼を揺すった。彼はびくっと痙攣して、窓の外を見た。

バスの窓はよく見ると、たとえガラスを割っても人が抜けるには狭かった。僕はそれでもとにかくガラスを割らなければと思った。金槌を想像した。しかしその答えは、このバスの中には金槌はないというものだった。僕は足で蹴ってガラスを割るところを想像した。しかし、強化ガラスは蹴ったくらいでは割れなかった。それでも想像だけですませられるものではなかった。僕は無駄だと思いながら、バスのガラス窓を思い切り蹴った。僕の足は痛みさえなく、跳ね返されただけだった。

無限循環葬儀

祖父が死んだ。祖父はかなりの権力者だった。喪主は親父だ。親父も権力者で人格者だった。その人格は祖父から受け継いだものだった。葬儀場は、バスが一台も停まっていない低い屋根付きの巨大なバスセンターのような場所だった。アメリカの大都市にならどこにでもありそうな巨大なバスセンターに似ていた。ただ葬儀に集まってきたのは、もちろん日本人で近所の叔父さんという感じの人たちが大挙して押し寄せた。そして長い長い行列が町の中を練り歩くのがその葬儀のやり方だった。それは普通の長さの行列ではなかったので、親父はその準備をてきぱきとやったが、それでも長い準備期間がいった。あの有能な親父がこれほど手こずるのだから、おそらく葬儀の内容はもっと色々なイベントが複雑に絡まっているに違いないのだが、僕には行列のことしか分からなかった。そしてその行列一つをとっても、その準備はやはり大変だったのだ。

行列は町の中を延々と続いていた。ただそれが練習なのか、本番なのか、それともただ単に僕が想像しているだけなのか、よく分からなかった。親父が先頭を歩いていることは分かったが、それ以降の人たちは煙のようだった。それにその行列の中に、棺は混じっていないように僕には思えた。長い長い行列は、陰気なところは全くなかった。バスセンターに似た会場からその行列は、まるで僕の想像であることが一番確かであるというように、町の中を練り歩いていたかと思うと、またバスセンターに似た会場の奥の出口から出始めるということを繰り返した。それはやはり練習かも知れなかった。

僕は祖父のことよりも、親父のことが気にかかっていた。何かを親父に伝えたかった。だから親父を探すのだが、一番僕との距離が近い、行列がはっきりしているバスセンターに似た会場の出口の所に、親父を見つけることができなかった。僕の想像の中の可能性が高い、そしてそれは思い出の中なのかも知れない町中に、いきなり行列が現れたときには、親父ははっきりと先頭に見ることができた。しかしそこは僕とは離れていたから僕は見るだけで親父に声をかけることはできなかった。そこは僕の存在の次元と全く異なった場所であるらしかった。

僕はこれは本当に祖父の葬儀だろうかと疑いを持ち始めていた。死んだのは親父ではないだろうかと。もし親父の葬儀だとしても、この長い長い行列はあり得た。僕が入れない次元の町の中の行列の先頭を歩く親父の表情には笑顔さえあった。それは死者ではなく、僕が愛する昔の親父のある記憶の一場面の姿だった。だからこれは親父が死んだのだと僕は思った。そう思っている間にも、バスセンターの出口から親父のいない行列が再び出始めていた。

山民水愛

薄暗い山の急斜面で垂直によく伸びた森の木を切っている男たちが何人かいた。一人一本ずつ木の根元にとりつき、中のある者は木に登ってその木を切っていた。僕は下の山道をそんな光景を見上げながら急いでいた。ここを早く抜けなければならなかった。

すぐに村に入った。人っ子一人いない村の中の迷路のような細い路地を何度も曲がり僕は先を急いだ。やっとたどり着いた村の出口の所に部屋状の大きく長い籠があって、中に女たちが何人か座っていた。その中の一番最後の女に僕は、木を切っている男たちは信用できるのかと尋ねた。他の女たちは嘘を言うように思えたから、そうではないその女に聞いた。女の答えは、男たちは信用できないからここから早く出るようにということだった。

すぐに池に出た。木を切っていた男の一人が僕に追いついた。僕は池の中に入って、水中でその男と闘った。僕はとても長い抜き身の刀を持っていたが、相手はなにも武器を持っていなかった。僕は刀で相手の腹を突き刺した。刀は背中の向こうまで一息に貫いた。僕はそれを捻った。すると男の腹から腸が飛び出した。ぷっくり飛び出した腸は顕微鏡下で見るミジンコのように透明で黒い輪郭線だけでできていた。黒い輪郭線の中は親水性があって、僕は男は本当にミジンコかもしれないと思った。すると僕も顕微鏡下で動いている水中のミジンコのように思えた。やがて男と僕を繋ぐ刀も透明で黒い輪郭線だけになった。刀の中は親水性のものがゆっくりと移動し、男と僕はぴく、ぴく動いた。

心霊飛行機

北欧から友人が尋ねてきた。学生時代に向こうで知った古い友人だった。彼は一人で日本をあちこち自由に旅行をして、帰り際に僕と行動を共にした。僕は宿場町の面影が残る山間のある村に彼を連れて行った。

事件が起こった。その村の通りの古い家が連なる前に搬送用の木箱のようなものが一列に伏せて並べられていたのだが、楽しさ余って彼はその上を全速力で走り、最後にジャンプをしたのだ。ジャンプをして着地した彼の姿が僕の視界から消えた。僕は慌てて彼のそばに走り寄った。彼はずれた木の箱の間に倒れていた。いや、正確にはあんなことをすれば骨折すると僕が思った通りに骨折をしていた、そういった感じで、ずれた箱の間に消えていたのだった。彼の存在感は、それ以後より希薄になったが、彼が僕と一緒であることは確かだった。

僕は彼を病院に入れると同時に、彼の帰りの飛行機のキャンセルをしなければならないと思った。飛行機の出発日は明くる日に迫っていたからだ。僕は彼の持ち物を預かっていて、中身を確かめた。彼の奥さんもよく知っていたから、電話をしたらきっと心配するだろうと思いながら彼の所持品を調べた。所持品を調べるなんて、まるで彼が死んだみたいだったが、僕は不思議には思わなかった。

中に、彼が一人で旅行していたときに写して現像した写真の小さなファイルがあった。僕はその写真のファイルを見た。他にするべきことは山ほどあるはずだったが、そんな悠長なことをすることに不思議は感じなかった。写真はどれも暗くて、何が写っているのか分からない写真ばかりだった。何度もページを前後してめくっているうちに、やっとそこに写っているものが見えてきた。それは古い日本家屋の骨太の床の間を背景にして、彼がカメラの前を横切っている様子が映し出されていた。どの写真も同じだった。同じ暗い床の間を背景にして、心霊写真のように白っぽく尾を引いてカメラの前を横切っていく彼の姿がそこに映し出されていた。

僕は写真を見た後、彼の明日乗る飛行機は数百人を乗せる大型機だったが、僕がいつもこの場所で乗るのと同じ、乗客全員の飛ぼうという意志で飛ぶ飛行機なのだということが分かってきた。その大型機はいつも離陸するとすぐに失速し、僕たちの必死の努力にもかかわらずビルの谷間を危なっかしく飛行し、最後は必ず街路に不時着していた。

快楽浴室少年

外に面した浴室の磨りガラス窓の向こうで女と男の声がする。僕は一人浴室の中にいるのだが、衣服を着ているし、浴槽にも湯は入っていない。僕はこの時からずっと時間が経った何十年と後から、昔僕がよく入ったタイル張りの今は壊されてなくなった家の浴室に魂のようになって入ったことは、外の会話が過去のものであることから薄々分かった。

ここの場所全体が、僕が今の意識で存在できる場所ではなかった。僕は鳥のように浴槽の縁に立って、外にいる二人の影でもいいから見ようと高い位置にある磨りガラス窓に顔を近づけたが何も見えなかった。外に二人がいれば黒い影は見えるはずだが、声だけが、その出来事が今の出来事であるかのように鮮明に聞こえた。女は五十年経ってこの磨りガラスの向こうに現れた。だから僕は魂だけになって、この鳥籠のような浴室に自ら囚われの身となって入った、半世紀の時を超えて渦巻く快楽が僕にそう解釈させた。

「上に被せたいんだ。貸してくれ」

「いいわ」

浴室の向こうは雑然とした資材置き場だった。僕の家は店をやっていて男は髭の濃い店の前の家の男の声だった。外は全く見えないのに、男が女から借りようとしているものが、片面にコールタールを塗った古いトタン板であることがまるで見えるようによく分かった。四隅の一つが折れ曲がっていた。男を店から人気のない資材置き場まで案内してきた女は、いつものように少し笑いながら古い雨ざらしのトタン板を指さしているはずだった。

僕は浴室を出て、女と男のいる資材置き場に行くことができない。僕は半世紀経ってからここにやってきていたし、女がその歳であったときには僕は少年だった。この磨りガラスの向こうは半世紀前には僕が入れない大人の世界だった。

「いいわ」

女は僕にはあんな言い方はしない。それは大人の女が大人の男を意識した「いいわ」だった。だから僕は半世紀後からここにやってきたことと、荒れた資材置き場は大人の男と女の世界であること、その二重のロックによって、僕はこのタイル張りの浴室を出て外に出ることは決してできない。

旅空身空

久しぶりに遠くから家に戻ってみると、妻の友人たちが家を荒らしていた。顔の醜い女とその夫が特にひどかった。二人は近くに自分たちのマンションがあったが、僕たちの家で寝泊まりし、女は鬼のようになって僕たちの家を汚していた。妻は二人と親友だったから、僕は二人には何も言えなかった。

ある日、二人が何かの用事で自分たちのマンションに戻った。二人はすぐに戻ってくると言って出て行った。

音のしなくなった家の中の無残さは二人が居なくなると余計に目だった。妻の寂しそうな姿は、そのひどい家の中で余計に悲しく寂しく見えた。僕は肩を落として床に座ったまま呆然としている妻に言った。

「ここを出よう」

旅に出ると、僕には自分たちのマンションに戻った妻の友人夫婦の様子がよく見えた。友人の女の顔はますます醜くなり、長い舌を出しっ放しにした赤鬼になっていた。そして早く僕たちの家に戻ろうと、脚立に乗ってキッチンの棚の上の物を取り出そうとするのか、それとも収めようとするのか、そんな様子が僕にはよく見えた。夫の方はその女の居るところには必ず気配があったし、僕の家に居るときも家の奥で必ず何かを壊していたが、絶えず僕の視線から逃れていたため、その姿はこの時も見えなかった。

僕は妻と一緒に旅空の下にあった。妻は旅空の下の一シーンでは、僕の愛にくるまれていたが、やはりそれでも寂しそうに悲しくうなだれていた。それは一シーンのみで、それ以外僕たちが何処でどうなったのか、一切不明だった。僕は妻と僕を旅空の下で、見失ったのだと思う。

母型谷

そこは一面に深緑の苔が生えた緩い斜面になっていて、その斜面を登り切った所から深くて暗い森が始まっていた。山懐と言っていいような場所だったが、太陽の光は十分に地上に届き、樹木は仰け反って見上げなければならないほどの高い梢の部分だけに、小さな葉を付けた広葉樹が何本か生えていた。その地形には、歩けば地面から水が絶えず染み出してくるやさしさと安心があった。

その緩い斜面の中央から少し外れた場所に、今は動かない一台の大型バスが置かれていた。バスはタイヤが見えなかった。それはやわらかい地面にめり込んでいたからなのか、それともタイヤがついていないバスなのか、とにかくバスにはタイヤが見えなかった。バスは動かなくなって久しい感じだった。

そのバスの中を住処（すみか）にしている一匹の亀がいた。亀は僕たちに、（そこには僕と母二人が住んでいた）、「ぶーチャン」と呼ばれていた。顔が豚に似ていたからだ。亀は一抱えほどあったが重くはなく、簡単に両手で持ち上げることができた。亀の体は全体に緻密な和毛（にこげ）で被われていた。

触感はまるで毛足の長い絨毯か毛布のようだった。亀は顔も甲羅も手足も毛も全てが白かった。

母は僕に「ぶーチャン」を探してバスに戻すように言ったはずだった。母の姿はどこにも見えなかったが、僕が「ぶーチャン」を探してバスに戻そうとしたのは僕がそう考えたからではなかった。僕はすぐに斜面の下の方の樹木の根元をゆっくりと這っている「ぶーチャン」を見つけた。そして走り寄って亀の「ぶーチャン」を抱き上げた。

僕は亀の腹側をこちらに向けて抱き上げていた。亀はなぜかどう抱き上げても、こちらに腹を向けた側に抱き上げられてしまうようだった。僕は抱き上げたとたん、おしっこをかけられると思った。事実亀はおしっこをし始めた。その向きが少しずれていたためにおしっこは僕の体のすぐ脇の方に放たれ、僕の体に直接はかからなかった。僕は亀のおしっこを汚いとは全く思ってはいなかったが、それでもおしっこが僕の体にかからなかったことにほっとしていた。

そしておしっこをし続ける「ぶーチャン」を抱いて、僕は扉が開いたままの少し旧式で全体にうっすらと汚れたバスの方に向かった。母は斜面の何処にも見えなかったし、おしっこをし続ける「ぶーチャン」を抱いてバスの中に入ってみても、そこにも居なかった。しかしは母はどこかに確かに居た。

白亀（はっき）父型

先生は死にそうだった。死にそうなくらいに年を取っていた。白髪を肩の辺りまで長くし、あごひげも長く白かった。

先生は六畳ほどの薄暗い自分の部屋の中を這って移動していた。それくらい年を取っていたのだ。体は鶴か仙人のように痩せていた。

僕はその部屋にはいなかったが、なぜか遠くからでも先生が手に取るようによく見えた。先生のことが心配だった。いつ死んでもいいほどに年を取っていたからだった。

突然先生は部屋の隅に立てかけて斜めになった座卓の上に這い上った。座卓はツルツルと滑るはずだった。そしてなぜ、なにもないただ斜めになっている座卓の上に這い上らねばならないのか、僕はその馬鹿馬鹿しさにあきれる以上に、今にも転がって下に落ち、そのまま死んでしまうのではないかとハラハラした。そして奥さんが気づいて早く この部屋に来てくれればいいと思った。

それは僕の四角な視界の左隅で起こったことだった。その次に僕の視界に先生の姿が入ったときには、先生は僕の四角な視界のすぐ前にいた。そうなったのは、僕がその部屋の左手に回ったからそうなったのか、あるいはもうその時は場面が違っていて、先生は何か別のものに這い上っていたのか、どちらなのかよく分からなかった。とにかく先生は僕の四角な視界のすぐ前で何かに這い上っていた。

早く奥さんが見つけてくれればいいのにという、僕のハラハラした視線は以前と同じだった。今度は先生の表情は正面でアップになってよく見えたから、その必死な顔から先生自身も転がれば大変なことになることは分かっているのが僕にはよく分かった。

その時、滑って転がり落ちれば死ぬという予想は、僕と先生の両方の心の中にあった。僕はほとんど先生と一体になっていた。死ぬかも知れない。僕と先生が同時にそう思ったとき、突然上から天井のような黒い大きなものが大きな音を立てて落ちてきた。僕と先生は「ああ、潰されて死ぬ」と思った。しかし落ちてきた黒い天井のようなものは、頭上わずかなところで宙づりになって止まった。

先生は斜めになった何かに必死にしがみついたまま、頭上わずかなところで止まった黒いものを、目を剝き鼻の下を伸ばしたとぼけた表情で見上げていた。

白亀父型

八つ目が今見る八つの今

闇飛行音

目が覚めた。枕元の灯りのスイッチの紐を探り、それを二度引いて薄暗い方の灯りにする。そして布団の上に置いたはずの腕時計を探して時刻を見ると、午前二時を少し過ぎていた。午前三時には起きて制作の続きを始めることにしているが、まだ少し早いなと思ってそのまま布団の中にいることにする。すると遠い音がかすかに上空で聞こえた。

飛行機の音だ。周囲の音が消えた真夜中だから聞こえる一万メートル上空を飛ぶ大型機の音だ。かすかなゴーッという音はその上空の遠さで機体の巨大さを感じさせる。この時刻に旅客機が飛んでいるのかどうか分からないが、この音は今までも真夜中に目覚めて何度か聞いたことがあった。でもこんな時刻なのだ、どこかの飛行場に降りるのではなく、日本の上空を通過するだけのもののはずだ。かすかなあの音から数百人の乗客の息づかいを想像させるのは、今までに乗った飛行機の消灯時間の機内の様子の記憶があるからだ。じっと耳を澄ます。そうしていないと音はどこかに消えてしまう。絶えず霧散していくかすかな音の塊の中に、数百人の思いや夢や、フットライトだけが頼りの寝静まった機内の歩行を想像するのは、自分の体験の支えがなければできない。じっと耳を澄ます。聞いているゴーッという音自体のなかに人の気配はない。

目覚めた部屋は完全な闇ではない。枕元の電球の赤っぽい灯りだけではなく、外からカーテン全体を透かしてぼんやりした薄青い光が入ってきている。少し離れた所にあるLEDの外灯の明かりだ。この部屋の中よりも外は明るく、外灯で青白く光っているのだ。するとまた別の音を聞く。時計が時を刻む音だ。四畳半のこの部屋には三つの掛け時計がある。デザインが気にいって買ったためにいつの間にか三つになってしまった。よく聞くと太い音と細い音がぴったりくっついて時を刻んでいる。そしてその間に、クルクルクルと、もっと柔らかい音で何か小さい羽のようなものが回転している。その三つの違った時計の音を聞いているうちに、一万メートル上空の夜間飛行の音は聞こえなくなった。通過していったのだ。

その女性作家は完全な闇を見た、そして完全な闇に触れた。あまりに何もないために、かえって黒い羊羹に似た艶さえ見える完全な闇だ。そのことを確かめるために現代アートを集めたある島のホテルに彼女の作品を見に行った。間違いはなかった。彼女は完全な闇に触れていた。彼女に面識はなかったから、そのホテルにメールで詩を送り、それが幸運にもホテルの計らいで彼女に届けられた。作った詩は、完全な闇に触れる過程から生まれた彼女の作品の地平を強く意識したものだった。彼女が読んでくれれば、その地平を含む俯瞰図から言葉が出ていることを分かってくれるかも知れない。完全な闇に触れることがどれほどの闇の完璧さの体験であるか、それは体験したものでなければ、いくら詩的言語を連ねてもそこには決して到達できない。無とか虚とかいう言葉を使えるのは、その本当の闇の完璧さを体験したことがないからだ。体験すればもはや安全な場所でそんな言葉を弄んではいられない。しかし彼女はその闇の完璧さを超えて向こうに行き、光を得て戻ってきた。

僕には一つの未来図がある。それは完全な闇とかすかな光と、円と球と柱で構成された彼女の作品の中で、彼女とたった二人で話をすることだ。そう思いながら、僕は寝返りを打つと布団の中で丸くなった。あと一時間はこのままで待とうと。

桜金髪密月期

運河に架かる橋の真ん中を何度か左右に動いて立ち位置を選んで、その運河の両岸に満開に近く咲いた桜並木を固定した視界の両端にきちんと据え、そのまま運河に沿って風景が消える点までゆっくりと視線を上げていく。運河と桜並木が一点にすぼまっていく遠近法の手本のような桜景色。そしてその運河と桜並木が奥へと遠ざかった先の消尽点の真下に実際にあるのは、六、七年前、今と同じように昼休みに散歩したことのあるあの街。実際そこはその街のどのあたりなのだろう、と僕は街並みを具体的にイメージし始める。そして気がつくと、視線はいつの間にか橋の右手の一番激しく大きい桜まで戻ってきている。

それは桜並木の中でも一番見事に自身を爆発させた桜だ。そしてそこから僕はもう一度視線を向こうの架空の一点の方に移し、さっきの続きの街並みを再び具体的にイメージしようとする。すると、記憶の底から浮かんできた金色の混じった淡いピンク色した花のようなもの。それは、六、七年前、季節は確か初夏だったと思うが、ロシア系の金髪の二人の若い女の子が、テカテカ光る真新しい赤いプラスチックのキャリーバッグを引っ張りながら、日本人の若い男に連れられていきなりラブホテルの脇の路地から出て来たあの正午の歓楽街の記憶だった。

しかしすぐに目の前の激しい桜の勢いで、イメージした六、七年前の初夏の正午の歓楽街の光景も、栓を抜いた直後のサイダーの泡のように消えてしまう。ここの桜の花びらはまだ黒い運河の上に一枚さえ落ちていない。まるで爆発の途中で時間が止まったような激しい桜並木だ。僕は橋の金属の手すりから鳥がそうするように飛び立って、消尽点に舞い戻り、さっき途中で終わった記憶の中をもう一度旋回して見下ろす。

あの時、二人のロシア系の女の子たちは故郷に戻るときだったのだろうか？　それとも別の都会の姉妹店に移動しようとしていただけなのだろうか？　それにしては彼女たちは華やぎすぎていた。あるいはその時は数千キロ離れた故郷から到着したばかりだったが、店の粋な計らいでディズニーランドにでも招待されたのだろうか？　あの時はこんなふうに具体的に考えたりはしなかったが、桜が爆発した今はそんな思いが、卵の中を透かして見た血脈の這った小さな塊のように蠢いて見える。君たちは何処に行こうとしていたのか？　と。

確かに二人ともうれしそうに華やいでいた。二人とも金髪はこれから活動的なことをする決意も露わにポニーテールだった。こうして今、初めて思い出した六、七年前の二人のロシア系の女の子たちの淡いピンクに金色の混じった姿と、消尽点に向かって両岸が合わさりながら消えていく桜の爆発と、その間で花びら一枚載せないままますぼまっていく黒い運河。その三つを一緒にして、この日、爆発した桜とすぼまっていく運河を見なければ引き出すこともなかった、ロシア系の女の子たちがものも言わずに入っていた記憶の引き出しをそっと収めると、摑んでいた金属の手すりから鳥のように僕はその場を立ち去った。

時間捻子式装置

僕が今を生きている時代と彼が過去を生きた時代とは五百年の差がある。実に五百年だ。その上、僕は東洋、彼は西洋で、人種も自然の風土も歴史的な風土もこのように違う。彼の存在は神話化されて僕の時代を今通過している。僕がいなくなったこの先も同じだろう。神話化されるのは、絵が極端にすばらしいことと、膨大な思考のメモがあるのにも係わらず、彼の私生活の情報が極めて少ないせいだ。彼の作品の力と私生活の情報が少ないという自由度のおかげで、容易に彼の存在は私たちが希望するように神話になっていく。

彼の一枚の絵に隠された、時を戻したいという生々しい叫びの表現に気づかなければ、僕にとっても彼は神話化された人物でそのまま過ぎて行っただろう。彼の絵に対する僕のこれまでの感激は、宗教画の中に描かれた天使の顔のこの世ならぬ美しさや、人間の頭蓋骨のデッサンのあまりに知的な線の美しさによるものの、絵の中に彼の叫びを聞くことはなかった。しかし、僕は、彼が死ぬまで持っていた何枚かの絵のうちの一枚の宗教画の中に、彼の生々しい叫びを聞いてしまった。彼はその絵の中で、時間を捻子を巻くようにして過去に戻そうとしていた。いや戻していたのだ。そしてそこに描かれている人物の性や動物、そしてサディズムの極限にはあれほどに優しい笑みが浮かぶのだろうかと考えさせるようなあの笑みさえ、その叫びを隠すための仮面だった。

きっかけは、絵の中の人物の中で一番奥にいた女性だった。時間の捻子の巻き手であるその女性はその絵を描いたときの彼自身であることが必然的になっていくのだが、その彼女＝彼は中性的で柔和な妖しい笑みを湛えたまま右手を、膝の上に座った誰かに似せて描かれたと思える個性的な顔立ちの若い女性の性器の上まで差し入れていたのだ。その女性は自分の膝の上に乗った女性の後ろから衣服の下に右手をさしいれ、その彼の右手は膝の上の女性がまとったショールの皺の形でくっきりとヴァギナの上にあった。膝の上の女性の衣装の腰のあたりの異様な盛り上がりは、背後の女性＝彼が柔和な何食わぬ顔のまま、差し込んだ腕で盛り上がっているとは五百年間誰も思わなかった。そのことを彼以外は誰も知らなかったし自分以外の誰かに知られてもいけなかった。もし彼が生きていた時代にそのことが知れ渡れば、確実に異端審問による火刑を意味していた。この女性はこの絵の中心であり、そしてもっとも神聖な表情で宗教画としての配役を与えられているのだから、その女性がそんなことをしているとは五百年の間誰も疑ってもみなかったのだ。そしてさらにその女性の左手の指先は、膝の上の女性の乳房にも当てられている。彼女＝彼の両手はともに、実にさりげなくしかし確実にそれらの場所に届いていていた。

こうして一旦衣装の皺が右手によるものと分かれば、全ての流れはドミノ倒しのようにして決まっていく。これは彼がこの絵を描いたときを起点にして、彼だけの過去に遡って行う性愛行為の螺旋図だ。膝の上の女性の左足の爪先は、抱き上げようと両手を伸ばす二、三歳の男の子の脚の間に入って睾丸を愛撫し、その男の子の左手は子羊の変に肌色ばかりの右の耳を擦る形に握っている。それが思春期の男の子のオナニーを表現していることは、子羊の右耳の肌色が多すぎることに気づけば、それ以外にはあり得ないものとなって見えてくる。そしてその男の子に組み伏せられている子羊の頼りなく細い右足は、彼＝彼女によってヴァギナを愛撫されている最中の女性の右足と交差している。子羊はオナニーをしながら右足で、この当時生きた人物の誰かを押さえて、この女性は他の誰のものでもない、私のものだと主張している。誰に向かって主張しているのか？　おそらく父親に向かってだ。

全ての中心は背後の女性だ。捻子はこの女性によって彼の秘密の過去に向かって巻かれている。そのことをもっとも端的に示すのは、絵の背景として右手の奥に生えている糸杉の有様だ。この糸杉は梢が一番枝が広く、下へ向かうほど枝は小さくなっていく。時間は中性的な表情の女性によって、過去に向かって巻かれているからだ。こうして彼自身である、妖しい優しい笑みをした絵の中の立役者である女性の力によって、時間はヴィヴィッドにしっかりと彼だけの過去になっている。

この絵の中には彼と彼が性愛の目的とする女性の二人しか存在しない。柔和な表情で微笑む一番背後の女性はもちろん彼であり、裸の男の子も、子羊も全て時間が巻き戻されるに従って現れた彼自身の幼いときの姿だ。絵の中は時を超えた、他には誰も入れない絶対排他的でそれ故に神聖な二人だけの性愛の空間なのだ。私生児だった彼が、五歳の時に農家の娘であった母親の下から公証人の父親の下に引き取られ、そこで七つしか年の違わない姉のような義母に育てられ、彼が十二歳の時にその義母は十九歳で死んだことが分かっている。彼の子供時代の私生活で分かっているのはそれだけだ。こうしてこの絵とこの文は、五百年前の彼と今の僕が、過去の自分と過去の「姉」をそこに出現させるための装置となった。

愛恋不具宣言

目覚めた直後、水だけ漉して水族たちがおとなしく残っている網の中のように、たった今見た夢の中のいくつかのシーンが静止した物の存在感で意識の一番底に残っている。僕は大衆食堂の調理場に向かったカウンターに両手をつかせ、一人のやくざを脅していた。背中を向けた彼の股の下から、日本刀を刃を上に向けてさしいれ、そのやくざの睾丸に押しつけていた。男は睾丸から血を流していた。それが今残っている一つのシーンだ。もう一つはその男がパイナップルのできかけくらいの大きさの切り取られた首になっていて、威張って自分の顔の皮を誰かに剝かせていた。男はその時、再生の曲芸をしてみせるとやくざ言葉で威張っていた様に今になって思える。前のシーンとこのシーンの間にまだかすかに残って漂っている意味がそんな男の吐いた言葉をうっすらと僕に思い出させていた。

そして残っている最後のシーンは、樹皮がついたままの円柱を椅子になる高さに切断し、その切断面の上に男の首が乗って、花火でも打ち上げるようにそれに乗ったまま空中高く上がっていくところだった。僕たちはそれを下から見上げていた。そして首が青空の中に消えてしまうのを見届けると、僕たちは始めにいた場所に走って戻った。男はそこで再生しているはずだった。男はそう言って威張っていたからだ。しかし結末は分からないまま僕は目が覚めた。いつものように夢による真夜中の目覚めは、精神的と肉体的両方の鉄の塊のような疲労がずっしりと残っていた。

今はいくつかの物証めいたシーンしか残っていないけれども、僕自身がそのただ中にあったときには、かなりドラマチックでテーマも一貫していたに違いないこの夢に、もしタイトルを付けるとすればやはり「再生」だろう。僕は結末は見られなかったが、この夢の基調の恐怖から想像すれば、再生は成功しなかったはずだ。夢は、やくざの睾丸を日本刀で傷つけた大衆食堂で始まり、ガヤガヤと皆で慌ただしく戻った大衆食堂で終わった。それは残酷で悲しい夢だ。夢が無意識に住む連中の舞台であるのは確かだ。全ての俳優は、他者であるような、あるいは僕自身であるような曖昧な不具者たちだ。この男のように、皮を剝かれた首だけになっても話すことができる、そういった能力も含めた不具だ。それはほとんど才能と言っていいが、役に立つのは向こうの世界だけで、こちらの世界では非条理と見える不具だ。

突然、意識がどこかに切り替わった。そして僕は目覚めた闇の中でつい口に出していた。「そうだ、夢の中の俳優たちを愛してやろう」と。それは自愛とは少し違う。彼等はこちらの世界では、つまり僕の意識にとっては他者なのだが、僕の無意識の中にいつも住んでいる懐かしい連中だ。言わば同居人だ。僕は毎夜眠っている間に、こちらの世界から彼等が仕掛ける芝居小屋に一日も安まず出かけるのだが、そんな彼等を積極的に愛してやろう、と思った。

　この僕の彼等に対する愛をこちらの世界で高らかに口にしてやろう。不具者たちだからと言って、僕が彼等を愛することに引け目など感じる必要は何処にもない。まずは手始めに、夢から覚めた直後の今、あたりがまだ夢の雰囲気を引きずっている闇の中で起き出して書いているこの文章の中で、僕は高らかに宣言してやろう。僕はたった今引き上げていったあの連中を心から愛していると。

壺中蛇姿煮

夢のパターンとしては同じ、道に迷ういつもの夢だった。あまり仲良くはなりたくないなと思いながら、僕のせいで道に迷い戻れなくさせてしまったから、緑が美しい田んぼのあぜ道をその女の子と二人、手を繋いで歩いていた。子供の手だった。しばらく行くと、あぜ道の横の水路の中に沈んでいた乾いた粘土色の蛇が、尻尾のある半分を水から出してあぜ道に横たわっていて、水から出た部分だけがくすんだ緑色に変化し、僕たちの通るのを阻んでいた。蛇は僕たちが跨ごうとして近づくと、体をどんどんあぜ道の方に出してきた。夢から覚めて他のことと違ってすぐには思い出せなかったのに、一旦思い出してしまうと夢の中でその蛇は一番気味悪さと底力のある怖さをはらんでいたことが分かる。夢の中で僕は初めは都会の真っ直中を散歩していたはずだったが、いつの間にか母の在所の田舎を彷徨っていた。そして母の在所から連れ出したその女の子を、僕はもう一度そこに戻さねばならなかった。僕がその女の子を預かることは嫌だったし、その女の子は母の在所に戻るべきだった。

夢がまだ浅かったせいか、このまま夢が進めばきっと道に迷うぞと予感した通りに僕たちは道に迷った。最後は絶望するほどに迷って、図書館のような、小学校の工作室のような、田舎の金持ちの大きな居間のような場所で、カウンター越しに、巨大な座敷机ごしに、僕たちは今どこにいるのかと喘ぐようにそこにいる人たちに聞かざるを得なくなっていた。図書館の責任者なのか、小学校の先生なのか、それとも家の主なのか、初老の少し太った無精髭の男が、壁に掛けられた大きなプロジェクターにグーグルマップの航空写真のようなものを映して、僕たちの今いる場所を説明しようとした。しかし僕の記憶の中にある六地蔵という名のバス停、それは母の在所に行くときの途中のバス停で、バスはそこで大きく右にカーブするのだったが、その田舎の古びた感じとは全く違った街並みがプロジェクターには映し出されていた。それは場所が違うという生やさしいレベルではなく、時代がそもそも全く違う、そのショックから広がった恐怖が僕をその場所から運び去って夢を一気に覚まし、午前一時半の寝室兼書斎に僕を打ち上げていた。

あぜ道の横の水路に沈んでいた蛇の体が、乾いた白っぽい粘土色だったのは、寝ていた頭上の棚の上に置いた、何とも不思議な魅力を持った樹脂のオブジェの中に沈んだ指のイメージから来たものに違いなかった。それは粘土で作って樹脂に入れたあと粘土を掻き出して作った、落ちてくる女神の足とそれを受ける女石工の手を円柱の樹脂に閉じ込めたオブジェだった。透明な細い女性の指先には粘土が白っぽくこびりつき、まるで粘土質の水底からぬっと現れたその手の姿の気味悪さを、僕は意識しないままに感じていたのだろうと目覚めた闇の中で思った。それは神秘的であると同時に、どこかに人間には絶対になじめない気味悪さを宿していた。美はいつの場合でも、神秘と非人間的な気味悪さの合成物として現れることが、目覚めの果てに僕には分かってきていた。

やさしさ、愛、コミュニケーション、相互理解、ぬくもり。粘土質の水底から現れた乾いた粘土色の蛇はそういった人間性を全て受け入れなかった。そして粘土色からくすんだ緑っぽい色に変わりながら、あぜ道の上に上がろうとしていたのだ。しかもなぜか尻尾の方から上がろうとしていた。道を迷う夢の全ての源は、非人間的な神性を持つこの長いもののせいに違いないと、僕は闇の中でゆっくりとだが気がつき始めていた。いや、何かが目覚めた僕にそのことを気づかせようとしていた。無意識の底にいる誰かが、お前にとって全ての不気味さの源は私だと気づかせようとしていた。私のいる場所まで来れば、人間的なものはもはや何もないとそれは僕に知らせようとしていた。

恐怖だ。そして同時に美だ。長く乾いたまま半身を出していたが、僕の目覚めと同時に、そいつは水のさらに下の黒い粘土色の底に姿を隠してしまった。目覚めとはそいつが粘土質の底に隠れることなのだ、そして夢の中では主体はあくまでもそいつだ、と僕は知った。

僕は目覚めた闇の中で、無意識の底の中国に去ってとうとうこちらに戻って来なかった彼女はこう言っていたことを思いだした。あの時、個展のために一時的に中国から戻った彼女に、冬が始まってこちらとは比べものにならない冷たい風が砂塵を巻き上げ始めると、中国の内陸のある地方では壺に入れてとぐろを巻く姿煮の蛇料理が流行るという新聞記事を思い出して、中国に住んでいてあちこちと行っている彼女に、そんな料理を食べたことがあるかと尋ねたときのことだった。思い出したのは答えが彼女自身の無意識の中にいる長いものに係わってきたからだった。きっとそうだった。

「そういうときは食べないんです。じっとしているんです。こちらで家族が鰻を食べるときでも、一人だけ食べないんです。長いものはやっぱり抵抗があります」

彼女はそれからすぐに、長いままの彼女しかできない身のくねらせ方で無意識の底の中国に戻ってしまった。彼女が戻ってくることはもうない。

氷河期告白

空前絶後の作品を作るだけ作ると作家自身はすぐに壊れていってしまう、そういう作品があること、そういう作家が現実に存在すること。私があなたに是非聞いて欲しいと思っているのは、そういう作家が持ってしまった宿命の正体についてです。私は本当のことを知ってしまった。だから本当のことをあなたに言いたい。しかしそれを言うと、あなたの血はきっと凍ってしまう。今までに知り得た美の発生のメカニズムで武装できるだけ武装した私の血でさえも凍ってしまったのだから、美の世界に入ったばかりのあなたの血が凍らないはずはないのです。そのことが手に取るように私には分かるから、あなたに本当のことを言うことが私はできないでいるのです。

私はあなたを見下しているわけではないのです。そう言った作家の宿命の正体を知ることが、あなたの未来の作品に利益を与えないどころか、作品を作ることさえできなくさせてしまうかも知れないからです。もしあなたがそういった宿命にある作家の一人であるなら、作品制作を止めない限り、私が何を言ってもあなたはその宿命に従わざるを得ないでしょうし、あなたがその宿命にない作家であるなら、たとえその宿命の正体を知っても、宿命を負った作家と同じレベルの作品は決して作ることはできないことが分かるだけだからです。

つまり宿命の正体を知ることはあなたの未来の作品にとって、何の役にも立たないからです。じゃ、私の場合はどうなのだと、きっとあなたは私に尋ねてくるに違いないでしょう。私はその宿命の正体を知って、私の作品の役には立てなかったのか？　と。私はそのために五年間苦しみました。そして五年経ってようやくそれを一つの作品創造の地平として俯瞰できる高さの場所に立つことができたのです。しかし私が俯瞰できたその場所は、宿命を負った作家に作品を作るだけ作らせたあと、作家生命を断ってしまわせるその非人間的な存在とどういう位置関係にあるのかは、まだ私にも分からないのです。五年経ってもまだ道半ばなのです。そして目の前で好きだった作家が壊れていくのを見た私の心の傷は、いまだに癒えていません。おそらくそれは決して癒えることはないでしょう。

私の作品自体もまだ混乱の中にあるのです。混乱の程度は当初より収まったのですが、カオスから完全に抜け出せているわけではないのです。確かに私はその作家の宿命を地平論の中で俯瞰することができ、私の作品の質はこれまでになく深くなっていると思います。しかしその深みは、地平論を生み出さざるを得なくした私の苦しみがあったから、そこから作品創造の足場を作り上げたからです。あなたが知識として本当のことを知っても、その足場に立つことはできないでしょう。私の地平論は、苦しみの存在を教えることはできても、苦しみ自体をあなたに与えることはできないのです。苦しみを確実に高みへと導くようなそんな苦しみをあなたに与え続けることなど、ましてできないのです。何の美的メカニズムの武装もないあなたには、本当のことはきっと、私への恐怖かあなたの未来への絶望しか与えないのです。しかも私の味わった苦しみも、実は本当の苦しみではないのです。本当の苦しみは、地平論として自覚などできていない、宿命に良いように弄ばれた作家が、崩壊していく過程で味わった、言語を絶した苦しみなのか言語を絶した愉悦なのかさえ分からないものが本当の苦しみです。

あなたがそういった宿命の下に生まれているのか、生まれていないのかにかかわらず、私はあなたにその宿命の正体について話すことはできない。あなたがその宿命の下に生まれたのであれば、それを聞いたあなたは私からきっと離れていくでしょうし、あなたがその宿命の下に生まれていないのであれば、その宿命の下に生まれた作家の作る作品の質を手に入れることは決してできないと知らせることで、私があなたの未来を土足で汚してしまうことになるからです。本当のことを言うことが、何の役にも立たない、せめてこのことだけでもあなたに分かって欲しくて、これを書きました。両方のどちらかであるあなたの未来を幸あれと、私が祈るしかないその未来を含めて限りなく愛している作家であるあなたに向けて。

正常狂気

夢の中で幼稚園児の息子を抱いて巫山戯ていて、息子を頭からコンクリートの床に落としてしまった。僕は息子の足を抱いたまま、僕の足下の息子の動かない頭を見ながら思った。取り返しのつかないことはこうして起こるのだ。取り返しがつかないということはこういうことなのだ。そう思いながら、時間を戻したいと願っていた。その絶対不動の今の事態の取り返しのつかなさが、あらゆることの取り返しのつかなさの代表として足下にあった。僕はこう考えることで、息子の顔を覗くことを避けていた。それは恐ろしいことで、現実であってはならなかったのだ。夢の中で夢であることを願いつつ、取り返しのつかないことが起こったとぞっとした。その瞬間に夢から覚め、一番最初に、あ、これは夢だったんだと、自分に言い聞かせていた。

そのとたん、さっきの夢の恐ろしい現実性は、風船のようにフワフワした、その気になれば小説の中の材料として遊びさえできるものに変わった。しっかりとした現実の床の上で、息子を殺した夢がフワフワと風船のように浮いていた。

僕は取り返しのつかなさの責任をそれが夢であったことによって放棄してしまっていた。その苦痛は、息子を殺した倫理か道徳のようなものを、あるいは罪を夢から覚めて放棄したことを責めていたのではなかった。時間の絶対非可逆性を、まざまざと見ていたのに、そのリアリティを忘れてしまって、のほほんとした現実に身を預けてしまっている自分のあやふやさをそこに見てしまっていたのだ。時間の絶対非可逆性は夢の中の方がいっそう現実的で、ありありとそこにあったのだ。僕は現実の中でなにか惰性の甘さ、日常の何事もなさの甘さの中で生きている自分を露呈してしまっていた。その引いていった改悛が僕を責め立て、日常の脆い土台を僕に見せつけていた。

僕は息子を脳天からコンクリートの上に落として殺した。この事実はたとえ夢の中であっても、現実としてその時間の取り返しのつかなさを自分の体の中に、息子の死として抱いて生きるべきだと、僕は何とかして自分に分からせようとしている。これは人間性が神に対峙できるかも知れない、何かを含んでいる気がして、僕はこのことを簡単に終えてしまうことはできないでいる。何かを、僕は見つけねばならないのだ。夢によって教えられた、気づくべき何かを。

八つ目や

作者の無意識の中から意識の手を介さずに直接外に落ちてきた作品、そんな無意識の中で「何かあるいは誰か」が作り上げた形が、工芸品のような精巧な細部を持つことは、原理的にあり得ないのだろう。現に僕が持っているまさにそれである空前絶後の作品は、技術的には雑で稚拙なところが見える。それは陶器の作品なのだが、焼きの段階で一部が崩れてさえいる。雑で稚拙、そして崩れがなければ、空前絶後の作品にはならないと言ったとしても、反語にはならないそんな典型のような作品だ。何が作者にその時起こっていたかは明瞭だ。意識が形を整えるより先に、無意識の中から次の形が爆発的に出て来てしまったのだ。手はどんどん先を行く形に早すぎて追いつけない。それに対して精緻な形の作品は、たとえ最高度の美に到達したとしても、抒情にかすかな危うい感覚を香水のように漂わせたものにしかならない。

（エミリー・ディキンスンは手紙の中で、（詩の）先生と呼びかける相手にこう言っていた。「先生はきっとお笑いになるでしょうが、私の今の関心は『周辺』です」。中心付近はすでに誰かあるいは何かの領域だったのだ。彼女には周辺しか残されていなかった。この不思議なフレーズの意味はきっとそういう意味だったのだ。）

無意識の中にいるそいつに接近できるのは、こちらの世界の言い方で言えば狂気だけだとすれば、表現に精巧な形などあるはずがないのだ。感情は至る所で喜から悲、悲から喜へといきなり移る過程で破綻し、破綻した傷は嵐のように吠え叫び、欲望はむき出しで、そのあられもない姿のままで猥褻の道を何処までも突き進む。そんなところにどうして落ち着いた精巧な形などが住み付けるだろう。作者は意識の中に押し入ってきた無意識の暴風の真っ直中にいるのだ。汚れ、汚辱、そういったものがついて回らない空前絶後の作品はあり得ない。

精巧なものを作りたければいくらでも作ればいいだろう。作品はシティー・ホテルのロビーをゴージャスにブリリアントに飾るだろう。しかしそれはいくらやっても、きまじめで危うい抒情に到達するのがせいぜいなのだ。抒情は、生きている間のあめ玉のようなものだ。死が現れると き、花が枯れるように抒情は色を失う。まさに生きている間が花、という範疇を抒情は決して超えることができない。作家は生きている間に社会に愛され、作品は社会にもてはやされるだろう。

社会を超え、人間性を超え、シティ・ホテル趣味はもちろんはるかに超え、行き着く果てには無意識から滴ってくる刺々しい存在の毒の果実があるのだ。それを作品として表現できるのは、必然の稚拙な技法と、汚れにまみれた生き様と、不思議に雑な、そして実にその正体が荒ぶれた危険な神を内在化した作家だけだ。そんな作家は、作品に呪われた作家だ。作家の人間性よりも、汚辱に満ちた作品が先に突っ走る作家だ。こうして作品が作家の人生を決めていく。必然的にそれは汚辱にまみれた人生になる。そんな作家たちが現に存在するのだ。生の破滅と生きている間の世間の忘却の宿命を全宿命の一部に持つ、愛しい、あまりにも愛しい作家たちだ。

僕はこの小さなあまりにもささやかな文章の中で、そんな作家たちがこちらの世界には確かに存在していて、彼等はよくやっている、よくやったと、宇宙の果てのさらに向こうにいる何かあるいは誰かに伝えたい。たとえ何かあるいは誰かはそんな言葉など聞く耳は持たないとしても、僕はその言葉を誰かあるいは何かのそばまで運びたいと思う。これが僕の願いの全てだ。

来たるべき十二夜の夢のための十二の詩

水写真

都市に突然立った水写真に月が入った
で、たくさんの人々が月を見るためにその水写真の前に集まった
月がその水写真の中に入っていた夜中の間中
都市には人々の声が絶えなかった
やがて、月が水写真の中から外に出ると
あれだけたくさんいた人々がいっぺんに消滅した

凍った都市だけが水写真の前に残った
それは廃墟にも遺跡にもならなかった
月は巡って再び水写真の中に入ったが
人々は集まらず都市は凍ったままだった
水写真の中に入った月も凍って
再び水写真の外には出なかった

揺れ藻

水ハンマーで水ブロックを割って積み上げた水の家の中で
一人母を待つ

「どこから来たの？」と見知らぬ人が尋ねる
答えない
「ひとりぼっちで寂しくない？」
「ふん」　これにも答えない

母が来るまでは
一人で誰にも何も答えない

八つ目＋一つ目

三つ馬の峯で二つ鋼(はがね)の鏡を鋳込む
それであの人の顔を映すのだ　爛れた美しいあの顔を
三つ馬の峯で見ることになるのは醜い美しい私
絶句して　三日して　顔を焼く

このようにして並べて劣情を売る　私の仲間と一緒
にいる　三つ馬の峯で下りてくる神々に売る品々を並べる
Ω　ε　ζ　非礼な品々の頭文字に尾頭つきの蛇の捧げ物
絶望しきれるものではないたくさんな料理が出る

いっそえびす顔で登場せよ　顔に性器を持つ人間の女よ
一目(ひとめ)　二目(ふため)　三ツ目　四ツ目　五ツ目　の顔
生えたまま髪を燃やした女の目は鋭い
四股を踏んで　そのまま上昇する女力士

一日に八目鰻の皮を八つ、足に被せて七里をゆく
美しき老婆の戦士たち
誰の目にもその姿を見せずあの世で闘う
あまりに美しすぎて　光り　光って　光った　おお、endless beauty

尻尾の楽しみ

星の瞬きに似た点滅するカーソル
お前は私に何を四角な光の上に書き付けろというのか？
言葉が生まれる前の混沌　闇　そしてかすかな
かすかな　傷のような　もの

誰かとの通信　それは私なのだが　私は実に遠くにいる
間違った図式　ウロボロス　本当は口と尻の穴から始まる宇宙図
こうして異物挿入した尻の穴の周りから精神が始まる
あなたを私は分離できない

乞食のように間引きしつつ表現する神秘
あなたを私は私から分離できない
慣れ親しんだ肉体　爪先まで満ちあふれた肉体で遠いあなたの元に歩いて行く
文化も文明も　愛も人間性も　役には立たない　垂れ下がった尻の穴の異物以外は

瓶と水蛇

瓶の口から少しだけ首を出した水蛇。外が恐ろしいのだ。だからじっと瓶の中にうずくまっていたのだが、透明な瓶が

「外に出ろ、外に出ろ」

とやかましく言うものだから、恐る恐る瓶から頭を出した。

その水蛇はまだほんの子供だ。ほんの人間の手のひらに載るくらい。瓶がその母親。

瓶は水族(みずぞく)全ての母親、水蛇にも母親だから

「外に出ろ、外に出ろ」

とうるさく言う。だから水蛇の子供は、少しだけ頭を出した。

水蛇は外の空気に恐る恐る触れた。

「水蛇ちゃん、おはよう」

そう言って風がぴゅっと水蛇の頭を撫でて通り過ぎた。

水蛇の子供は驚いて瓶の中に再び首を引っ込めてしまった。

水の塔

羽県(うけん)を彷徨って水地(みずち)に出る
ザーザーという音がする
一面水が垂直に落ちている
落下すると同時に昇るもの
見上げると光が助長して雲が裂ける
それはあなたになってここに届く

名付けることによって不明なものを利用できるようにすることと
名付けることによって永遠にそのものの理解を放棄させてしまうこと
私たちはその流れの中にいる　夢のような場所だ
あなたは向こうから私のもとにやってきた
そして私の中でもう一度私を産んだ
かつては父でかつ母であったが今は私の子であるあなた

水地を彷徨って再び羽県に出る
ブルッと体をふるい水を払う
そして何も書かれていない書物の羽を広げて飛ぶ
一度入ったら出られない扉から水の塔に戻る
また始まる羽に文字を書き付ける日々
あなたが扉を開けて再び私を水の塔から放ってくれる日までの間

ウォーター・フェリー

あまりに多くが見える日には水平線上の島が盛り上がる
そこに周辺から鳥たちも集まってくる
見よ、今、雲の指が島を持ち上げているのを
フェリーは持ち上げられた島の下に入っていく
水と島の間の闇をめがけて

島のソメイヨシノが満開になる日も近い
地下ではすでに散ってしまった
が、
たくさんの人々がワイワイガヤガヤと
いっせいにフェリーから降りていくのが見える

ウォーター・マザー

あなた　あなた　あなた　あなた　あなた　私
あなた　あなた　あなた　私　あなた　あなた
あなた　あなた　あなた　あなた　あなた　私

あなた　あなた　あなた　あなた　あなた　私
あなた　あなた　あなた　あなた　私　あなた
あなた　私

あなた　あなた　あなた　あなた　あなた　あなた
あなた　あなた　あなた　あなた　あなた　私

あなた　私　私　私　私　私　風　風　風　私
あなた　あなた　あなた　あなた　あなた　あなた　私
風　風　風　あなた　あなた　あなた　あなた

アンダーグラウンド・ウォーター

誰も　誰も　誰も　誰も　誰も　闇
誰も　誰も　誰も　誰も　誰も　誰も

誰も　誰も　誰も　誰も　誰も　円
誰も　誰も　誰も　誰も　誰も　円

誰も　誰も　誰も　誰も　誰も　闇
誰も　誰も　誰も　誰も　誰も　闇

誰も　誰も　誰も　誰も　誰も　球
光　誰も　誰も　誰も　誰も　柱

ウォーター・ショップ

「何を差し上げましょうか？」

「何も」

「でも、何か、御入り用でしょう」

「いえ、何も」

「でも、ここは売店ですから」

「そう、……、じゃ、やさしさを……ほんの少し」

ウォーター・ヒヤシンス

ここにある品々はみなあなたが死後に残した品々
みな美しいと思ってあなたが集めた品々
あなたが居なくなって
品々だけが残された
そしてあなたが居なくなったこの空間は
祝福され日増しに際立ってくる
あなたが居なくなったただそのことだけによって空間が祝福される
その中で今それらの品々は幸福で静かにしている

祝福された空間

市中、一秒を思う人はまれなり
まして一日をや
去年吉野山に行ったときには桜はすでに終わっていた
金峯山寺（きんぷせんじ）まで眼下に一面花のない斜面の桜を見ながら上っていると、道路脇で吉野の山栗の
焼いたのを売っていたから買って上りながら食った　今から思えばそれはさらにもう一年前
の夢、いや栗だった

その日まで彼女の行方
を追っていた砂漠の太陽に向かって銃を撃つ男
一発、二発、三発、そしてそこまでと自分に言う
狼が鳥の羽を吐くときの気持ちが分かる日にはその国の売春街にある安ホテルを選ぶことに
する
目黒不動の人気（ひとけ）のない門前通りの鰻屋でバイクに跨がったまま鰻を買っている男の後ろに並
んで鰻を買って帰った日から、今日で何日経ったのか思い出そうとしていると、珍しい小鳥

の鳴き声が外でしてそれが邪魔して思い出せない、この日

「私死にます」
「ほう、死ぬのかね」
「百年待っていてください」
という小説の中の女と枕元に座って百年待つ男との会話が忘れることができないまま気がつけば半世紀が経っている　あと半分だと思う
客船の中で金属の塊でできた高級製図用コンパスの脚を開いたあの日
スエズ運河を進む客船の一等船客であったかも知れないあの日の父の娘
二重にあの日を忘れてあの日蛇に出会った桜日和になるはずだったあの日に降った雨のあったあの日の足下の水溜まりに沈んでいた桜の花びら　お前、美しいか？

見上げながら、ディオニュソスと言うよりバッカスと言った方が笑う口元の傾きが大きいと思った新月　お前、美しいか？
そのすぐ先で、外されて部屋を出て行ったまま二度と戻ってこない彼女のブレスレットっぽい溶けた金属色の金星
「ここに来て」
そう言うと見る見るうちに夜空がやってくる

やがて全天に
星

「夢百十夜」後記

こんな夢を見た

中学二年の時に転校していった女の子に手紙を出したのが始まりで
二十一歳の時までつきあった彼女の夢だった　彼女は五百キロ西に住んでいた

別れたときの悲しみと傷の有様が夢の中で再現していた
無意識の深いところにある傷が再び動いたのだ

彼女は大学の学園祭のために大勢の仲間と近くの寺に来ていた　寺を会場にするらしかった
僕は彼女を説得したくて遠い彼女の住む場所にあるその寺に行った　彼女の通う大学も近く
にあった

寺の参道を学園祭の準備で仲間と忙しく歩いている彼女と準備が終わる夕方寺の門の下で会う約束ができた
しかし僕も仲間と一緒にその遠い場所に来ていて僕は仲間とすぐに戻らなければならなかった

マイクロバスで僕は仲間と駅まで戻った
百十夜の夢に何度か出て来たおなじみの駅だった　それは無意識の深い場所から浅い場所に向かうための中継の駅だった

マイクロバスが駅に着いたとき僕は訳あってどうしてももう一度寺に戻らなければならないと仲間に言った
しかし彼女と約束した時刻までに寺に戻るにはこのマイクロバスで戻るしかなかった

運転をしてきた女性は僕の仲間だったから僕は自分で運転をしなければならなかったが戻る道筋は全く分からなかった
使ったことのないカーナビに寺の名前を入力してそれを頼りに戻るしかないと僕は考えていた　不安だった

そこで目が覚めた

彼女が出てくる夢は今までも何度もあったが僕は今回は少し幸福だった
今回は彼女と会う約束ができたからだがそれだけではないことに布団から身を起こしたときに気がついた

実に当たり前のことだった　彼女は僕の無意識の深い場所に今も**いる**ということだった
会いたければそこに行けばいいのだ　深い傷のあるその場所に　そこで彼女は会ってくれるはずだ

最後にレトリックについて一言
もし直接表現ができるならばレトリックは使用しないこと　感情の命じるままにレトリック
を使用しないこと　詩は明晰だ

夢百十夜

定価（本体1600円+税）

乱丁・落丁はお取り替えします。

2015年11月19日初版第1刷印刷
2015年11月27日初版第1刷発行
著　者　桑原　徹
発行者　百瀬精一
発行所　鳥影社 (choeisha.com)
〒160-0023 東京都新宿区西新宿3-5-12トーカン新宿7F
電話 03(5948)6470, FAX 03(5948)6471
〒392-0012 長野県諏訪市四賀229-1(本社・編集室)
電話 050(3532)0474, FAX 0266(58)6771
印刷・製本　モリモト印刷・高地製本

ISBN978-4-86265-531-8 C0093

桑原徹の本

御神体
日常から非日常へ疾駆するバスに乗りあわせ、原始的
生命力を蘇らせていく男の話、他３編。　1500円+税

南南西の風、風力５、僕は
必然の産褥へと、線路は無風状態の台風の目の中に
行くように突っ込んでいくのだ。表題作、他５編。　1600円+税

グレゴリー・グレゴリー
海が侵入してくる湿潤な土地から運河を経て、青い
海に隣接する乾いたテロの国へ。循環する物語。1500円+税

夜、麦畑を虎が最後に渡る
暗い地中のマグマの熱気をはらんで溢れだし、押し寄
せる奔流のようなイメージの渦。衝撃の作品集。1500円+税

納屋の千年この日クジラ祭
不死が可能となった未来社会と、進化の原初がメビウ
スの輪のようにつながる作品空間。　1600円+税

ない夏の本
言葉が奏でる綺想曲。異次元空間に誘う短編集。1600円+税

魔法と三回名付けることによって
天国と地獄、あの世とこの世。生まれる前から身体に
刻みこまれた遠い記憶に導かれる物語。　1600円+税

二頭でいる白いライオン
きらめく言葉のつぶて。イメージの嵐に打たれ、漂着し
た物語を集めて。　1600円+税

月台（Urashima no Monogatari）
変幻自在に進化しつづける竜宮城の物語。　1600円+税

再回帰船
地球が消滅した宇宙で不老不死を手にした男。　1600円+税